Klaus Zeh

TAXI

Ein Heiligabend im Taxi. Mit Heiligabenden hat der Fahrer und Besitzer des Taxis so seine Erfahrungen. Vor zwei Jahren schoss ihm ein Junkie ins Bein, und dass er danach wieder mit dem Boxen anfing, macht die Sache nicht besser. Doch dieser Heiligabend ist anders. Unterwegs auf den schneeverwehten Straßen, in der Stadt, über Land, immer wartend auf eine Nachricht von Malaika, seiner verheirateten Geliebten, ereignet sich Unerwartetes. Immer wieder rühren die Erlebnisse an seine Vergangenheit: seine Kindheit mit dem alkoholkranken, gewalttätigen Vater; seine Schwester, die ihm immer Zuflucht und Ermutigung bot; sein waghalsiges Intermezzo in Detroit, der Stadt des Soul; den langen Kampf um die Befreiung aus seinem inneren Gefängnis; und nicht zuletzt an seine Liebe zur Musik. Als die nächtliche Irrfahrt fast zu Ende ist, geschieht dann doch noch ein kleines Wunder.

Klaus Zeh, Jahrgang 1965, wirkt als Sänger, Liedermacher und Musikjournalist und war für mehr als zehn Jahre mit einem musikalischen-literarischen Irlandprogramm unterwegs. Er lebt in Reutlingen. Bisher veröffentlichte er Gedichtbände und Musik-CDs. *Taxi* ist sein erster Roman.

Klaus Zeh

Taxi

Roman

BoD 2015

Bibliographische Information der Deutschen Nationalbibliothek:
Die Deutsche Nationalbibliothek verzeichnet diese Publikation in der
Deutschen Nationalbibliographie; detaillierte bibliographische Daten
sind im Internet über http://dnb.d-nb.de abrufbar.
Kein Teil des Werkes darf in irgendeiner Form (durch Fotokopie,
Mikrofilm oder ein anderes Verfahren) ohne schriftliche Genehmigung des Verlages und des Autors reproduziert werden oder unter
Verwendung elektronischer Systeme verarbeitet, vervielfältigt oder
verbreitet werden.
© 2015 Klaus Zeh
Herstellung und Verlag: BoD – Books on Demand, Norderstedt
Layout und Umschlaggestaltung: Rainer Gross
Lektorat: Rainer Gross
Umschlagfoto: © Depositphotos.com/stu99
Alle Rechte vorbehalten
ISBN: 9783734762901

*...aber nur die Musik sollte kämpfen,
nicht die Menschen.*

                                                    Bob Marley

Einer Löwin,
mit Leidenschaft.

1

Der Scheißkerl hatte mir direkt ins Bein geschossen.

Ich setzte gerade an, ihm zu erklären, dass ich zu Beginn meiner Nachtschicht noch so gut wie nichts in meiner Kasse hätte, als er plötzlich eine Waffe aus der Innentasche seines schmuddeligen Parkas zog.

Kleinkalibrig, kaum der Rede wert, und doch genug, damit die Kugel ein Loch in meinen Oberschenkel bohrte, an der Unterseite wieder austrat, um im Autositz stecken zu bleiben.

Dort steckt sie heute noch. Ich hab sie stecken lassen, um immer an diesen beschissenen Abend erinnert zu werden. Wobei ich das überhaupt nicht nötig habe, denn die Narbe auf meinem rechten Oberschenkel erinnert mich bei jeder Luftveränderung daran.

Ich denke oft an diese Nacht.

Manchmal wache ich morgens auf und weiß, dass ich davon geträumt habe, obwohl ich mich nicht mehr an den Traum erinnern kann.

Die Narbe juckt dann, Schweiß perlt mir von der Stirn und in meiner Nase klebt der Geruch, den ich unmittelbar nach dem Schuss im Taxi gerochen hatte.

Eigentlich hatte ich zuerst nichts anderes wahrgenommen als diesen Gestank. Ich habe wochenlang mein Taxi geschrubbt, bis mir klar wurde, dass der Geruch in meiner Nase hing. Also habe ich mir Parfüm an die Nasenwände geschmiert. Wochenlang. Bis mir klar wurde, dass der Geruch in meiner Erinnerung haftet.

Ich kann nichts dagegen tun. Vergessen würde helfen, aber wer kann schon vergessen.

Einen Tag nach dem Überfall besuchte mich der Krankenhausgeistliche und sprach mit mir über Vergebung. Er hätte mit mir über das Vergessen sprechen müssen. Darüber, dass es nicht geht, selbst wenn man sich noch so sehr anstrengt. Will man vergessen, gelingt es nicht. Will man es nicht, gelingt es, ohne dass man es merkt.

Ich habe bis heute nicht vergeben.

Dem Mann, der mir ins Bein schoss, wegen dem ich monatelang vor Angst nicht mehr arbeiten konnte, zu Therapeuten und Psychiatern rannte, Medikamente schluckte, die mich völlig neben mich stellten, wegen dem ich mich monatelang nicht mehr aus dem Haus traute, Nachbarn für mich einkaufen gingen, wegen dem ich zu etwas wurde, das ich mir niemals zugetraut hätte, der mich an Abgründe führte, mich zu Albträumen zwang und noch immer zwingt – warum sollte ich ihm vergeben?

Er wurde noch in derselben Nacht gefasst, weil er eine Tankstelle ausraubte. Alles in einer Nacht, und noch dazu in unserer Stadt. Gerade mal eine Großstadt und alles andere als durch ihre Kriminalität berühmt, eher durch ihren Fleiß und dessen wirtschaftliche Erzeugnisse. Eine ruhige, behäbige

Stadt, in der es die Kunst ebenso schwer hat wie der nächtliche Taxifahrer, denn nahezu alles, was es hier quer durch die Nacht zu fahren gibt, sind menschliche Schicksale, die irgendein Lebenssturm an meine Taxitüren spült.

Übriggebliebene, Vergessene, Säufer oder Huren, Jugendliche, die längst in ihren Betten sein sollten und deren Eltern nicht die Polizei verständigen, sondern mich. Ein paar Reisende, die aus welchem Grund auch immer ihre letzten Züge verpassen, oder Liebespaare, die ich so schnell wie möglich ins nächstliegende Hotel fahren soll und die nicht einmal die wenigen Minuten bis dahin abwarten können und ihr Date schon auf meiner Rückbank beginnen. Menschen, die Nachtjobs nachgehen und mich brauchen, weil noch keine öffentlichen Verkehrsmittel unterwegs sind.

Nein, ich habe ihm noch nicht vergeben. Ich weiß nicht einmal, ob der Junkie, der mir für 17,80 Euro den Oberschenkel zerfetzte, noch einsitzt oder schon wieder auf freiem Fuß und am Fixen ist.

Lange wünschte ich mir, er möge sich den goldenen Schuss setzen. In irgendeiner verdreckten U-Bahn-Toilette verrecken. Aber das hörte auf. Heute bin ich froh darüber. Und ich bin froh, wieder arbeiten, wieder fahren zu können. Auch wenn es mich an manchen Tagen Überwindung kostet, in den Wagen zu steigen, den Motor zu starten und loszufahren.

Manchmal steige ich wieder aus, gehe in die Wohnung zurück, verausgabe mich beim Schattenboxen, lasse die Musik aus den Lautsprechern dröhnen, und versuche es erneut.

Die roten Boxhandschuhe auf der Rückbank helfen mir. Und meinen Fahrgästen sollen sie zeigen, ihr Taxifahrer boxt, am besten also nicht auf dumme Gedanken kommen.

Zwei Jahre ist der Überfall nun her, auf den Tag genau.

Heute ist wieder Heilig Abend, und ich spüre, wie die Erinnerung an diesen Abend vor zwei Jahren für mich noch immer wie eine Bedrohung wirkt.

Ich kann meine Teetasse nicht richtig greifen, weil ich zittere, und immer, wenn mich eine solche Welle erfasst, tigere ich ruhelos umher. Auch jetzt wieder.

Mein Gefängnis ist in mir. Jedenfalls fühlt es sich so an, in manchen Momenten, wenn ich Glück habe; für Stunden, wenn ich Pech habe.

Ich werde wütend und verzweifelt zugleich, bleibe vor dem Plattenspieler stehen, ziehe eine Schallplatte aus dem Regal, nicht irgendeine, eine ganz bestimmte, lasse sie aus der Hülle gleiten, lege sie auf den Plattenteller und setze den Tonarm auf.

Es dauert ein paar Takte, bis mich der Klang ergreift.

Wenn ich Glück habe, geht es von da an recht

schnell. Heute habe ich Glück. Ein innerer Horizont öffnet sich. Die Musik findet ihr Echo.

Mit geschlossenen Augen horche ich auf die Regungen in mir. Auf den Klang dort drin.

Gegen diesen Klang kommt die Welt nicht an. Ich weiß nicht, woher er kommt, nur dass es ihn gibt.

2

Ein Jahr nach dem Überfall begann ich wieder zu boxen.

Die Gespräche mit meinem Therapeuten taten gut, waren notwendig, die Tabletten hilfreich, manchmal. Aber ich wusste, ich musste den Kämpfer in mir wieder wecken.

Mein Vater hatte ihn vor über dreißig Jahren geweckt. Hatte ihn aus mir heraus geprügelt, oder in mich hinein, wie man es nimmt. Jeden Abend Boxen und Sandsacktraining. Er hielt mich stets eine Armlänge von sich weg und traf regelmäßig meine Nase, bis ich weinend und blutend die Handschuhe in die Ecke schmiss oder meine Mutter auftauchte und schimpfend die Boxerei verbot. Bis zum nächsten Abend.

Das Grinsen meines Vaters hat sich wie ein Brandzeichen in mich eingebrannt.

Immer wenn ich unter seiner ausgestreckten Geraden wegtauchen wollte, verpasste er mir einen Aufwärtshaken. So ein Ding ans Kinn spürst du gewaltig. Oder er traf die Nase. Das gab Prellungen, dass man sich tagelang vor Schmerzen die Nase nicht mehr putzen konnte. Und bei jedem Treffer grinste er bis an die Ohren und setzte zum nächsten Schlag an. Wenn er mich an den Ohren traf, tat es besonders weh. Nach einem Treffer begann es zu klingeln im Ohr und zu brausen und zu hämmern bis ins Hirn. Die Knie wurden mir weich und ich begann wegzusacken.

Als ich zwölf war, gab ich ihm die Handschuhe zurück und beendete meine Boxkarriere.

Ungefähr zur selben Zeit riss ich alle Elvis-Poster von meinen Wänden. Auch den Bravo-Starschnitt, der heute ein kleines Vermögen im Internet brächte. Ich hatte wirklich jeden Zeitungsausschnitt und Artikel gesammelt und mein ganzes Zimmer mit Elvis-Postern tapeziert. Es sah beeindruckend aus. Aber Elvis war zum Schlappschwanz geworden. Der Rebell der 50er Jahre war nie ein Rebell, sein ganzes Auftreten nur Show. Er war nie ein Marlon Brando oder James Dean. Eigentlich nur ein Muttersöhnchen und Duckmäuser, der jede Forderung seines Managers erfüllte, zur Armee ging, um einen Skandal zu verhindern, unbedingt eine Minderjährige heiraten wollte, weil er sich vor gleichaltrigen Frauen fürchtete. Der dreiunddreißig Filme drehte, davon einer schlechter als der andere, alles nur des Geldes wegen. Und dann seine Alkohol- und Tablettensucht. Ein Waschlappen. Und das alles wurde mir klar, weil ich zu lesen begonnen hatte. Mich informierte.

Mit zwölf passierte mir das. Kein schlechter Anfang.

Fortan übte ich in kleinen Schritten die Rebellion gegen meinen Vater, doch manchmal waren die Schritte so klein, dass nur ich sie bemerkte. In einem nicht geschenkten Lächeln etwa, wenn er wieder mal einen Witz auf Kosten anderer riss, oder indem ich zehn Minuten zu spät nach Hause kam und ihn anlog.

Ich dehnte die Zeit meines Nachhausekommens immer mehr aus und ließ mir Lügen für meine Verspätungen einfallen.

Ja, ihn anzulügen machte mir größte Freude. Wenn ich ihm eine haarsträubende Geschichte verkaufen konnte, obwohl er mich fixierte, seinen Blick in mich bohrte, und ich am Ende als unentdeckter Lügner in mein Zimmer verschwinden konnte, war ich der Sieger.

Manchmal fanden die Schritte auch nur in meinem Inneren statt. Gedanken, die sich zu einem Trotz formten, einem Widerstand, der immer weiter in mir anwuchs, zu meinem Credo wurde und mich meine ganze Kindheit und Jugendzeit begleitete: Ich wollte nicht so werden wie er. Nicht ein solcher Mensch, und auch kein solches Leben führen. Niemals!

Doch vorerst tappte ich in seine Fußstapfen.

Mein Vater hatte mir gezeigt, wie man schlagen musste, um den Gegner auf die Bretter zu schicken.

Die Bretter, das waren ein paar Straßen, die unser Viertel vor dem nächsten abgrenzten. Ein paar quer, ein paar längs, eine Handvoll Straßenecken und eine stattliche Ansammlung von Hinterhöfen, die Schutz und Basis waren für eine Gang, die ich anführte, mit zwölf.

Es war die Zeit, als wir mitten in der Nacht aufstanden, um einen echten Rebellen und Helden zu sehen, ein Großmaul sondergleichen, das wir liebten: Muhammad Ali.

Im Oktober 1974 hatte Ali zum zweiten Mal den Titel im Schwergewicht gewonnen.

Als alter Mann, wie Vater sagte.

Er schlug George Forman in Kinshasa. Die Welt und ich schauten zu.

Mein Vater meinte, während Ali in den Seilen hing und Foreman schlagen ließ, bis Foreman die Luft ausging, ich solle wieder mit dem Boxen anfangen. Ich tat es nicht. Erst wieder ganze dreißig Jahre später.

Es war ein seltsames Gefühl gewesen, als Erwachsener, gut dreißig Jahre später, mit diesen Erinnerungen loszuziehen und Boxhandschuhe zu kaufen.

Ich bin einfach in den Boxstall gegangen, erzählte dem Trainer etwas vom Kämpfen und wie wichtig es manchmal im Leben sei, er hatte vielsagend gelächelt und mir ein „Herzlich Willkommen" erwidert.

Es waren gut zwanzig Jungs anwesend, boxten an Sandsäcken, zwei waren beim Sparring im Ring, einige hüpften Seil oder boxten vor Spiegeln gegen ihr Spiegelbild. Der Trainer hatte in die Runde gerufen, mich lauthals vorgestellt und alle unterbrachen ihr Training und kamen an, um mich lächelnd per Handschlag zu begrüßen.

Ich war verblüfft, welche Freundlichkeit mir geradezu entgegenbrandete. Es rührte mich. Nach dem Jahr, das ich nach dem Überfall hinter mir hatte, war dies hier reinste Labsal. Schon in diesen ersten Minuten spürte ich, dass es hier nicht nur um Kampf und Sieg ging, sondern vor allem auch um Respekt.

In den folgenden Monaten erwarb ich ihn mir auch im Ring, wohl auch, weil ich altershalber von fast allen Boxkumpanen der Vater hätte sein können.

Ich begann mich wieder aufzurichten.

Der Junge von damals jedoch, der nicht nur auf das alte Kopfsteinpflaster und den Schmutz der Hinterhöfe spuckte, hatte keinen Respekt, vor nichts und niemandem.

Damals boxte ich ohne Handschuhe.

Wir waren Straßenkämpfer, ich der Anführer.

Bis zu diesem Tag im November 1974.

Wir alle quatschten noch immer über nichts anderes als Alis Titelgewinn gegen George Foreman.

Ich erinnere mich an den blassen Himmel an jenem Tag, die trübe Sonne, irgendwo zwischen den Dächern der Altstadt. Der kleine Bruder einer meiner Kumpels kam die Straße lang gerannt und rief uns schon von weitem etwas zu, das wir zuerst nicht verstanden.

Sie wollen angreifen, rief er, die Penner!

Ich ließ ihn Luft holen und wollte dann die ganze Geschichte wissen.

Die Jungs aus der Oberen Stadt wollten uns angreifen. Das hatten sie noch nie getan. Sonst ließ ich mir bei ähnlichen Gelegenheiten einen Plan einfallen, eine List, mit der ich die Gegner schlagen wollte, diesmal hatte ich eine andere Idee.

Ich teilte dem Kleinen meinen Vorschlag mit, schickte ihn erneut los, damit er ihn der Bande aus der Oberstadt überbringen konnte.

Eine Stunde später kamen sie geschlossen in unsere Straße. Meine Straße. Ihr Anführer vorneweg. Ich kannte ihn. Wir waren uns immer aus dem Weg gegangen. Er war ein Roma, größer als ich, breitere Schultern, größere Muskeln. Ich wusste, er war auch stärker als ich. Ich musste also schneller sein als er, und gemeiner.

Mein Plan war, dass wir beide gegeneinander kämpften und nicht alle Jungs. Ihm schien mein Vorschlag zu gefallen.

Wir zogen alle zu einem naheliegenden Parkplatz, die Jungs scharten sich in einem kleinen Kreis um uns. Ein Ring, der wirklich wie ein Ring um uns lag.

Einer der Burschen rief uns in die Mitte und mahnte uns ehrlich zu kämpfen, sagte, wir sollen uns die Hände reichen und schickte uns zurück in die Ringecke, die es nicht gab. Statt zurück zu gehen, um zum Kämpfen wieder in die Ringmitte zu kommen, blieb ich stehen. Mein Gegner schaute mich verdutzt an. Seine Augen waren dunkel wie

Kastanien, aber nicht böse. Eher erstaunt. Genau in diesem Moment schlug ich ihm die Faust auf die Nase. Ich hatte getroffen. Er wankte zurück. Um uns herum wogte Gebrüll auf. Die Jungs schrien unsere Namen. Ich setzte nach. Mein zweiter Schlag traf noch einmal die Nase. Es knackste. Er schrie vor Schmerz auf und fasste sich mit beiden Händen ins Gesicht. Meine rechte Faust traf ihn im Magen, er sank auf die Knie und hustete. Ich wollte ein K.O. Also schlug ich noch einen rechten Haken zum Kopf, den er schon gar nicht mehr sah, weil er noch immer die Hände vor dem Gesicht hatte. Mein Schlag knallte ihm an die Schläfe, er kippte nach links und war ohnmächtig.

Alle rannten davon, auch ich.

Irgendwer hatte den Eltern gepetzt, Polizei wurde gerufen, ein Krankenwagen, bei uns zuhause klingelte das Telefon.

Das war mein letzter Kampf, für mehr als dreißig Jahre.

Heute kämpfe ich wieder, allerdings mit roten Handschuhen, Mundschutz und Sparringspartnern.

3

Mir ist danach zumute, das Taxi stehen zu lassen.

Heute, an Heilig Abend, nicht zu arbeiten, einfach zu Hause zu bleiben, ein paar DVDs auszuleihen, eine Tüte Chips aufzureißen und den Abend zu überstehen.

Zwei Jahre ist es nun her. Die Narbe brennt. Ich sollte vielleicht zuhause bleiben.

Malaika muss ihrerseits zuhause sein, Ehefrau spielen. Vielleicht sollte ich doch arbeiten gehen. Flüchten.

Heute Morgen hatte ich ein paar LPs aufgelegt, eine Kanne Kaffee dazu getrunken. Stevie Wonders „Innervision" und „Music of My Mind".

Wie immer wurde es, wenn ich Stevie singen höre, ein wenig heller in mir.

Anschließend legte ich Barry White auf, danach Bobby Womack. Zum Schluss James Brown.

Das war so ein „Ich bleib zuhause und mach es mir gemütlich"-Gefühl. Fast hätte ich mir „Good Morning Vietnam" in den DVD Spieler geschoben und wär daheim abgehangen.

„Good Morning Vietnam" ist für mich so etwas wie für andere Leute die Rocky Horror Picture Show.

Robin Williams gibt den Radiomoderator Cronauer oscarreif. Ein musikverrückter Querdenker hinter dem Mischpult.

Ich vermute, dass mir eine von Barry Whites Liebesschnulzen doch zugesetzt hat, denn mir wird es plötzlich zu eng in meiner Bude.

Ich muss ans Steuer, fahren, in Bewegung kommen, fort aus diesem Stillstand.

Ich werde wütend auf Malaika, wütend auf Barry White. Wie kann man sich an einen anderen Menschen derart verlieren, dass man sich aufgeben möchte? Und wie kann man innig lieben und doch nichts an seinem Leben ändern und in alten Strukturen und Fesseln bleiben?

Eine halbe Ewigkeit führt sie nun schon ein Doppelleben, und ich mit ihr auf gewisse Weise, warte auf sie, warte darauf, dass sie abends nicht mehr nach Hause fährt, sondern einfach bleibt, bei mir, wo sie, wie sie sagt, auch sein möchte, aber es trotzdem nicht tut und mich jeden Abend wieder verlässt. Zeiten einhalten und um Erlaubnisse bitten muss, wenn sie etwas ohne ihren Mann unternehmen möchte und sich deshalb strengster Prüfungen und Fragen aussetzt.

Die Straße liegt schon fast im Dunkeln, als ich den Motor starte, eine Cassette ins Autoradio schiebe, meine Beleuchtung einschalte und losfahre. Ich drehe die Laustärke nach oben und trommle den Rhythmus aufs Lenkrad.

Auch so eine Gewohnheit, die ich mir im Laufe der Jahre zugelegt habe: erst einmal meine übliche Runde drehen. Da ich von außerhalb komme, fahre ich zuerst durch das Industriegebiet. Wenn ich dort keinen Fahrgast aufsammeln kann, nehme ich das kleine Stück Kraftfahrstraße, das halbmondförmig über die West- in die Nordstadt führt. Das hat immer etwas von einem Film Noir, wenn ich so durch die Nordstadt mit ihren Hochhäusern fahre. Tausende Fenster, hell erleuchtet oder stockdunkel, Leben, das nichts mit mir zu tun hat, solange nicht irgend ein Mensch von dort mich heranwinkt und mir vielleicht vom Leben dort erzählt, während ich ihn an seinen Zielort bringe.

Ich bewege mich im Strom der Gedanken, der Bilder, wenn ich so in die Dunkelheit fahre. Nichts bleibt lange genug, um mich zu fesseln, tiefere Emotionen auszulösen oder mich abzulenken. Nur die nächtliche Melancholie, die ich längst kenne. Und natürlich die Musik aus den Lautsprechern im Inneren meines Taxis. Heute wieder dieser geniale Motown Soul Sampler, den ich in meinem Lieblingsplattenladen besorgt habe.

Meistens fahre ich noch auf den Aussichtsparkplatz des Hausberges und schaue auf die Stadt. Der halbe Vogelblick tut gut. Du gehörst noch dazu, steckst aber nicht mittendrin. Was die Leute dort unten bewegt, kann dir dort oben kaum etwas anhaben.

Und doch nicht hoch genug, um enthoben zu sein, nichts mehr zu spüren als den Wind. Das ist so etwas wie eine kleine Insel über der Stadt. Ich brauche diesen Abstand ab und zu, diese zeitweilige Flucht aus dem Leben dort unten und meinem eigenen. Um weiter zu sehen, an einen Horizont, weiter als bis zum nächsten Stoppschild.

Dort unten mögen sie sich hassen, lieben, prügeln oder umarmen, vor Fernsehern vergammeln oder sich für hohe Ziele aufreiben, hier oben blicke ich darauf und nehme an nichts teil. Es ist angenehm in der Nähe dieser Menschen zu sein, das Rauschen der Stadt zu hören; aber mitten unter ihnen leben und damit zufrieden sein, das kann ich nicht.

Noch zwei, drei Songs, dann starte ich wieder den Motor und fahre die Serpentine hinab. Im Sommer weidet frühmorgens eine Schafherde auf den Wiesen des Berges. Die Tiere grasen im Schatten, weil die Sonne noch nicht über den Gipfel geklettert ist und die Hänge noch nicht in ihr Licht taucht. Durch die offenen Wagenfenster weht kühle und grasige Fahrtluft herein. Der neue Tag.

Bei guter Sicht sieht man bis Stuttgart und den Fernsehturm.

Der Anblick ist mir vertraut. Selbst in den Jahren, als ich nicht hier war, konnte ich mich an jedes Detail erinnern. Und als ich zurück kam und zum ersten Mal wieder hier oben stand, war mir, als wäre ich nie weg gewesen.

Ich fahre an den Busbahnhof und halte im Parkverbot. Ich bin ein Taxi. Außerdem kenne ich viele der Streifenpolizisten. Ich lebe in einem Kaff, hier kennt jeder jeden. Da drückt man schon mal ein Auge zu. Wenn mein Taxi am Busbahnhof im Halteverbot steht, wissen die Jungs der Ordnung, dass ich bei meinen orientalischen Freunden meine warmen Brote besorge und meine Cola.

    Eigentlich könnte ich zuhause kochen oder mir zumindest ein paar Brote für die Arbeit belegen. Aber ich koche so gut wie nie für mich alleine. Es ist erbärmlich, für sich alleine kochen zu müssen, und es ist noch erbärmlicher, alleine zu essen. Es ist mir auch egal, wenn die Jungs in dem Laden mich für eine arme Sau halten, einen Single. Ich weiß es besser. Malaika will nicht, dass wir zusammen gesehen werden. Das ist ein bisschen wie Leben im Gewächshaus. Es macht jedenfalls nicht glücklich. Aber wer ist schon glücklich?

4

Im Winter 1974 war meine Schwester ausgezogen. Genau an ihrem achtzehnten Geburtstag.

Sie hatte ihr Zimmer direkt unter dem Dach, zwei Stockwerke über unserer Wohnung. Mir war damals schleierhaft, weshalb sie eigentlich auszog, da sie sich sowieso kaum bei uns unten aufhielt, sondern ständig nur auf ihrer Bude hockte und Unmengen Zigaretten qualmte.

Die Wände ihrer Bude waren mit Postern zutapeziert, wie bei mir, das fand ich total cool.

Poster von den Beatles, den Rolling Stones und Creedence Clearwater Revival. Das waren, genau in dieser Reihenfolge, ihre Lieblingsbands.

Mir gefielen damals Creedence Clearwater am besten. Gegen John Fogertys Stimme war Mick Jaggers Gesang Kaugummigesäusel in meinen Ohren. Aber ich war sechs.

Sie hatte einen knallroten Plattenspieler, bei dem der Lautsprecher im Deckel eingebaut war. Als sie auszog, vermachte sie ihn mir. Vermutlich weil ich Rotz und Wasser heulte. Ich spielte auf ihm später meine Elvis-Platten, bis der Tonabnehmer so herunter genudelt war, dass er von alleine aus der Rille sprang.

Damals dachte ich, sie sei wegen jener Nacht wenige Tage vor ihrem Geburtstag ausgezogen.

Alles war stockdunkel gewesen, als sie in dieser Nacht gekommen war, bis auf den kleinen Spalt Licht unter meiner Zimmertüre. Ich wurde an ihren Stimmen wach. Mein Vater und sie waren in der Küche. Mutters Stimme hörte ich nicht.

Wo kommst du so spät her?, fragte Vater.

In seiner Stimme bahnte sich das an, was jeder in unserer Familie nur zu gut kannte. Ich hoffte, es würde nicht wie sonst verlaufen. Aber weshalb sollte es heute anders sein? Er hatte den ganzen Abend getrunken, hatte seinen normalen Alkoholpegel schon ein wenig überschritten. Seine ohnehin knarzige Stimme klang noch schrecklicher, wenn er besoffen war.

Aus der Disco, antwortete meine Schwester, für meinen Geschmack ein wenig zu aufmüpfig.

Es machte mir Angst. Wie konnte sie so unvorsichtig sein und in diesem Ton antworten? Noch dazu heute, wo er mehr getrunken hatte als ihm, und vor allem uns, gut tat.

Aus der Disco, meinte er, soso, weißt du wie spät es ist?

Das war eigentlich keine ernst gemeinte Frage, meine Schwester antwortete dennoch.

Es müsste Viertel nach eins sein.

Sie hatte sich Mut angetrunken, zweifellos, oder sie wusste in dieser Nacht schon, dass sie ausziehen würde.

Klatsch. Das war Vaters flache Hand in ihr Gesicht. Sie schrie auf. Eine Sekunde später vernahm ich ein Poltern. Sie musste irgendwo angestoßen sein, war wohl zurückgewankt.

Fühlst du dich jetzt besser?, fragte sie durch ihr

Schluchzen hindurch.

Peng. Vaters Faust traf ihr Gesicht. Ich kannte das Geräusch. Und noch einmal das elende Geräusch, er hatte also eine Doublette geschlagen, in das Gesicht seiner Tochter. Sie stürzte über den Tisch, er wurde durch ihren Aufprall über den Küchenboden gestoßen. Was auf dem Tisch gestanden hatte, hörte ich zu Boden poltern.

Ich kroch unter die Bettdecke, hielt mir die Ohren zu und summte einen Elvis-Song.

Vaters Gebrüll, Mutters verzweifelte Rufe, er solle doch endlich aufhören, das Weinen meiner Schwester, alles nur noch wie aus weiter Ferne. Als ob es mit mir nichts mehr zu tun hatte. Die Melodien gingen mir nie aus. Ich summte alle Elvis-Songs, die ich kannte, und das waren schon damals eine ganze Menge.

Ich konnte meine Zimmertüre nicht verschließen, hätte ich es getan, mein Vater hätte die Türe eingetreten, aber ich konnte mich in mir selbst einschließen. Ganz tief in mir gab es einen Raum aus Klang, dorthin flüchtete ich mich, wenn Vater tobte und zuschlug, wenn Mutter schrie und meine Schwester weinte.

Dort waren nur Melodien, Tonfolgen, Klänge.

Wenn dann alles vorbei war, Vater seine Erziehung hatte walten lassen, meine Schwester sich das Blut aus dem Mund und der Nase spülte, meine Mutter, die auch eine gefangen hatte, ihre blutende Lippe kühlte, saßen sie alle beieinander in der Küche und tranken weinend Cognac bis in den Morgen.

5

Nachdem die Kebab-Jungs und ich vor zwei Jahren Freundschaft geschlossen hatten, versuchte ich monatelang vergebens, Ali davon zu überzeugen, dass Alis „Kebab House" ein ganz und gar unpassender Name ist für einen Kebab-Imbiss, geführt von einem Iraker, Türken und Syrer.

Ich hatte ihnen geraten, dieses amerikanische „House" aus ihrem Namen zu tilgen. Aber Ali war nicht umzustimmen gewesen. Er meinte grinsend, die Leute denken dabei immer an eine amerikanische Fast-Food-Kette, und das bringe mehr Kunden.

Ich komme also aus Alis „Kebab House", als an der Haltestelle der Linie 7 ein gedrungener Mann um die Fünfzig eine vor ihm sitzende Frau anbrüllt. Er gestikuliert wild mit den Armen, erhebt immer wieder drohend die rechte Hand, als ob er sie schlagen wollte. Die Frau, wohl ein paar Jahre jünger als er, zuckt jedesmal zusammen, wenn er nach ihr fuchtelt. Sie weint.

Ich versuche etwas von seinem Gebrüll zu verstehen. Du dumme Sau, hat er eben geschrien, du saudummes Miststück, ich sollte dich ...

Ein Bus fährt heran, deshalb reißt sein Satz in diesem Moment ab. Ich gehe einen Schritt näher zum Fahrsteig, als der Bus bei mir anlangt. Der Mann schlägt der Frau ins Gesicht. In dem Moment fährt der Bus in mein Blickfeld. Eine halbe Ewigkeit lang sehe ich nichts als eine riesige an mir vorübergleitende Werbeanzeige eines Brillengeschäftes, dann wieder die Frau, die nach hinten gegen das Plexiglas donnert und sich die Hände vors Gesicht hält. Er holt zum zweiten Schlag aus.

Ich laufe quer über die Fahrbahn und spüre eine Wut in mir aufkommen, die mich für einen Moment irritiert. Woher kommt diese Wut?

Schluss jetzt!, rufe ich ihm so laut ich kann entgegen. Auch an den anderen Haltestellen wird man aufmerksam. Ich sehe, wie eine Menge Leute sich uns zuwenden.

Genug jetzt, sage ich zu ihm und baue mich vor ihm auf.

Der Mann starrt mich zornig an, seine Augen wandern hin und her. Er hat gesoffen, denke ich.

Was willst du, du dummer Arsch?, fährt er mich an.

Immer mit der Ruhe, du schlägst hier keine Frauen mehr, sage ich schroff und zeige auf die Frau, die schluchzend und hilfesuchend um sich blickt. Ich frage mich, weshalb sie nicht einfach aufgestanden und davongelaufen ist.

Ich habe einen Moment zu lange auf die Frau geschaut, denn er schlägt nach mir, ohne dass ich darauf gefasst bin. Ich sehe den Schatten aus den Augenwinkeln und weiche zurück. Er erwischt mich nur an der Baseballmütze und schlägt sie mir vom Kopf. Einer der Soul-Buttons, die ich seit meinem Aufenthalt in Detroit an meinen Baseballmützen trage, springt von der Mütze und kullert in den Rinnstein.

Seinen zweiten Schlag, einen viel zu weit ausgeholten rechten Haken, sehe ich kommen und pariere ihn, indem ich darunter wegtauche. Wie aus dem Lehrbuch.

Beim Auftauchen will er mir eine Gerade verpassen, die ich auspendle. Er kommt derart ins Wanken, dass er das Gleichgewicht verliert und lauthals schreiend zu Boden stürzt.

Er bleibt lange und schimpfend liegen. Ein junger Mann will ihm aufhelfen, doch er stößt ihn weg und bleibt auf dem Boden sitzen.

Irgendjemand hat die Polizei verständigt. Die beiden Polizisten kommen auf mich zu und drängen mich zur Seite. Jede Menge Zeugen bestätigen, dass ich der Frau zu Hilfe gekommen bin und den Mann nicht geschlagen habe. Dem Mann wird aufgeholfen, Zeugenaussagen werden notiert, beruhigende Worte gesprochen. Am Ende verliert sich alles und die Gaffer ziehen weiter.

Auf dem Weg zu meinem Wagen beginnen meine Beine zu zittern.

Der Ledergeruch in meinem Taxi bringt mich wieder zur Ruhe. Ich schließe die Augen und atme tief durch.

Ich erschrecke, als jemand an die Scheibe klopft.

Murat steht in seiner verschmierten Schürze neben meinem Taxi. Ich drücke den Fensterknopf, er beugt sich herein, und mit ihm eine Dönerduftwolke.

Hier deine Brote, sagt er und hält mir die in Alufolie verpackten warmen Dönerbrote hin.

Das sah gut aus, was du da gemacht hast, grinst er, wie ein echter Boxer.

Ich lächle, bedanke mich für die Brote, starte den Motor und fahre los, nicht durch die Innenstadt zum Bahnhof, sondern quer über den Busbahnhof, überhole einen Bus und rase der Hauptstraße entgegen. Raus aus der Stadt, so schnell wie möglich.

6

Ein paar Wochen nach dem „Rumble In The Jungle" von Kinshasa, Muhammad Alis zweitem Titelgewinn, irgendwann im Winter 1974, klingelte Tom an unserer Haustüre. Ich rannte zum Fenster, riss es auf und fiel wie immer beim Versuch nach unten zu schauen fast hinaus.

Tom meinte, er dürfe jetzt nicht mehr mit mir spielen, ich sei zu krank.

Mir war klar, es musste mit den Untersuchungen zusammenhängen, zu denen meine Mutter mit mir seit Wochen ging.

Der Mann meiner Schwester hatte die ganze Familie mit Tuberkulose angesteckt. Meine Mutter erklärte mir mit Tränen in den Augen, ich hätte dunkle Schatten auf der Lunge und müsse die Tabletten unbedingt alle nehmen und die Untersuchungen über mich ergehen lassen. In dieser Zeit sah ich Mutter viele Male weinen, wenn sie glaubte, unbeobachtet zu sein.

Ich durfte nicht einmal in die Schule gehen. Ich sagte mir, es gäbe Schlimmeres, doch schon nach wenigen Tagen war es zu Hause nur noch langweilig. Vormittags und auch am Nachmittag gab es keine Fernsehsendungen. Die drei einzigen Fernsehprogramme damals starteten erst am frühen Abend mit wirklicher Unterhaltung. Das kann man sich heute kaum vorstellen. Und doch wurde mir im Normalfall niemals langweilig. Außer man wurde wegen Tuberkulose in Quarantäne gesperrt.

Wenn ich heute zurück denke, gehören diese Wochen zu den schönsten meines Lebens, trotz der Langeweile.

Vater brachte mir als Trost jeden Abend eine andere Süßigkeit mit, wenn er von der Arbeit kam, oder ein neues Comic, oder ein Matchbox-Auto.

Diese Zeit hatte etwas Magisches, Unwirkliches. Ich empfand ihn verändert, liebte ihn seiner Geschenke wegen, die mich aufheitern, glücklich machen sollten. Und es auch taten, denn sie kamen von ihm. Meinem Vater.

Das war seine andere Seite. Hier entdeckte ich sie zum ersten Mal.

Ich liebte ihn in diesen Wochen, uneingeschränkt. Selbst sonntags, wenn er besoffen von seinem Frühschoppen kam.

Bis zu jenem Sonntagmorgen im Frühling 1975.

Selbst an die warme Luft, die von draußen hereinströmte, als Mutter, wie jeden Morgen, alle Fenster aufriss, erinnere ich mich, als wäre es ein Tag aus der vergangenen Woche.

Sonntagmorgens saßen wir immer wie auf Kohlen. Mutter und ich fragten uns ständig, wie betrunken er, Vater, wohl nach Hause kommen würde.

Ich erkannte es am Geräusch des Schlüssels, der ins Schloss fuhr. Mutter besaß diese Fähigkeit nicht. Dabei war es eigentlich ganz einfach. Je länger er mit dem Bart des Schlüssels am Schloss herum murkste, umso besoffener war er.

Sie schaute dann immer auf mich, suchte meinen Blick und wusste Bescheid.

Er kam ganz schön besoffen nach Hause an diesem Morgen, wankte dennoch nur unmerklich in den Flur und erkundigte sich lauthals, ob meine Mutter schon die Nudeln vorbereitet hatte.

Vater erwartete, dass man vor ihn trat, wenn er nach Hause kam, um ihn zu begrüßen. Ich ging also in den Flur, begrüßte ihn und stellte seine Schuhe an den richtigen Platz, als Strolchi unser Hund, mit einem enormen paketähnlichen Gegenstand im Maul an uns vorbei in Richtung Schlafzimmer raste.

Ich schaute ihm verdutzt nach. Vater stieß die Küchentüre auf, suchte auf der Anrichte das von Mutter zubereitete Fleisch und presste aus seinem Mund ein „dieser Dreckskröter" hervor.

Mir dämmerte, was passiert war, dennoch konnte, oder sagen wir wollte ich es nicht glauben. Konnte Strolchi so dämlich sein? Wie oft wurde er nicht schon von Vater geschlagen, wenn er etwas Fressbares vom Tisch geklaut hatte. Und nun sogar von der Anrichte. Dieser dämliche Köter war gerade eben doch tatsächlich mit dem ganzen Sonntagsbraten im Maul an uns vorbei geschossen.

Vater jagte ihm ins Schlafzimmer nach, fiel auf die Knie, stieß mit dem Regenschirm nach dem Hund, der sich mit seiner Beute unters Bett verkrochen hatte, und wollte beide, Hund und Braten, so schnell wie möglich in die Finger bekommen.

Er angelte den Braten mit dem Schirm hervor und fluchte, als er sah, dass Strolchi schon ganze Arbeit geleistet und unseren Sonntagsbraten zu einem unansehnlichen Fleischklumpen zerbissen hatte. Heute würde es für uns nur Nudeln mit Soße geben, daran gab es keinen Zweifel. Vater nahm den Fleischklops, ging in die Küche und warf ihn in den Mülleimer.

Ich musste pinkeln, und wusste, was jetzt kommen würde.

Vater ging ins Schlafzimmer zurück, brüllte unters Bett, rief immer und immer wieder nach Strolchi, bis der völlig verängstigte und folgsame Hund hervorgekrochen kam, winselnd vor Vater liegen blieb, sich auf den Rücken wälzte und so um Verzeihung bat.

Du Drecksköter, brüllte Vater, du verdammter Drecksköter, dir bring ich es noch bei, und wenn ich dich totschlagen muss!

Er riss Strolchi am Halsband mit sich in den Flur, wo ich immer noch wie angewurzelt stand. Vater ließ sich auf die Knie sinken, hielt mit der linken Hand Strolchi am Hals fest und drückte den Hund zu Boden, während er mit dem Schirm in seiner Rechten auf das jaulende Tier einschlug. Immer und immer wieder. Bis der Schirm kaputtging, Stäbe herausfielen und er das Ding wütend in die Ecke schmiss.

Ich hatte zu weinen begonnen, Mutter kam angerannt, rief und flehte, er solle den Hund doch endlich in Ruhe lassen.

Nachdem er den Schirm in die Ecke geworfen hatte, begann er mit der Faust auf den kleinen Hundekörper einzuschlagen. Strolchi gab kaum noch einen Laut von sich. Vater schlug wie besessen auf ihn ein. Er will ihn töten, dachte ich, Strolchi umbringen! Meinen Hund!

Ich rannte zu Vater, packte ihn von hinten an den Schultern und warf ihn zu Boden. Strolchi kam strauchelnd auf die Beine und flüchtete, verkroch sich in irgendeinem anderen Versteck.

Vater rappelte sich auf, warf mir einen fürchterlichen Blick zu und gab mir eine schallende Ohrfeige, die ich nicht einmal kommen sah. Möglich, dass mich die Angst fast blind gemacht hatte. Mag sein aber auch, weil ich niemals gedacht hätte, dass Vater mich mit dieser Wucht schlagen würde. Das war kein Boxtraining mit Handschuhen, bei dem er mich grinsend traktierte. Das war irgendwie das wirkliche Leben.

Es war das erste Mal. Bisher hatte er immer nur meine Schwester geprügelt.

Mein Gesicht brannte wie Feuer, mein Ohr schmerzte. Einen Moment lang drehte sich die Welt um mich wie ein Karussell. Ich wankte zurück und stieß mir den Kopf gegen den Schlüsselkasten. Blut lief von dieser Stelle an meinem Kopf über mein Gesicht, mein Auge, in den Mund, wo ich es warm und eigenartig zu schmecken bekam.

Mutter zog mich am Arm in die Küche und verarztete mich.

Ich weinte noch immer. Sie weinte ebenfalls.

Wo ist Strolchi?, fragte ich.

Mutter zuckte nur mit den Schultern. Hoffentlich findet Vater ihn nicht wieder, dachte ich, hoffentlich hat er ein sicheres Versteck gefunden.

Vater kam in die Küche, öffnete den Kühlschrank, ohne nach mir zu sehen, nahm sich eine Flasche Bier und knallte die Küchentüre zu. Einen Augenblick später hörten wir den Fernseher im Wohnzimmer angehen.

Das erste Mal in meinem Leben überlegte ich mir, wie ich Vater umbringen würde, mit welchem seiner Messer aus der Küche ich zustechen, in welche Stelle an seinem Hals ich das Messer rammen würde, wenn er schlief.

7

Ich kam nach Detroit Ende der 1990er Jahre.

In einem Alter, in dem man längst sesshaft geworden, zu etwas Reichtum und Familie gekommen sein sollte. Ich hatte es weder zum Einen noch zum Anderen gebracht.

Nachdem ich mir einen Job in einem Kino und ein Zimmer in einem Hochhaus über das Internet besorgt und schätzungsweise an die einhundert Telefonate geführt hatte, erreichte ich Detroit in den frühen Morgenstunden an einem Sonntag.

Ich hatte die Flugverbindung bewusst so gelegt, weil ich auf gar keinen Fall an einem belebten Wochentag ankommen wollte.

Die Stadt war aus dem Flugzeug bei diesem wolkenlosen Märzhimmel schon seit einer Ewigkeit zu sehen. Straßen wie Furchen und breit wie Flüsse durch ein Häusermeer bis an den Horizont. Wenig Grün in all dem Stahl und Beton. Man erkannte sofort die Industriestadt.

Umgeben allerdings von zwei riesigen dunkelblauen Seen, die wie ein Halbmond um die Stadt lagen. Die Skyline mit ihren Wolkenkratzern am Flussufer machte mich sprachlos.

Für mich war es jedoch zuallererst die Heimatstadt von Motown Records, dem legendären Soul-Label.

Andere gehen nach Paris, weil sie denken, die Liebe dort zu finden. Manche suchen in Rio die Bossa Nova, in Wien den Walzer, in Buenos Aires den Tango oder jetten nach Jamaika wegen des Reggaes.

Ich flog nach Detroit wegen des Soul, wegen der Einzigartigkeit von Motown Records, dessen Geschichte. Weil ich hoffte, auf einer der wichtigsten Spuren des Soul den Geist dieser Musik am Originalschauplatz zu spüren.

Sechs Monate Detroit vor Augen, ein Bündel Dollarnoten in der Tasche, meine Gitarre statt eines Rucksacks im Handgepäck, ein Walkman und ein paar Cassetten, mehr nicht. Zahnbürste, Shampoo und ein paar Wechselklamotten wollte ich mir dort besorgen. Es fühlte sich gut an, verdammt gut, mit leichtem Gepäck zu reisen.

Ich stürmte so schnell wie möglich aus dem Flughafenterminal und winkte ein Taxi heran.

Ich hätte Notizblock und Bleistift mitnehmen sollen, denn der Taxifahrer erzählte mir alles über Detroit, was er wusste, und das war eine ganze Menge. Gegenden, die ich unbedingt meiden, Gegenden, die ich unbedingt aufsuchen sollte. Kinos, Clubs, Bars, Fast-Food-Läden, der Kerl war ein fahrendes Branchenverzeichnis.

Er meinte, ich solle Downtown meiden. Ich entgegnete, dass ich dort arbeiten werde.

Plötzlich grinste er breit, schmatzte noch lauter auf seinem pinkfarbenen Kaugummi und erzählte etwas von südamerikanischen Huren, von asiatischen, von afrikanischen.

Ich starrte aus dem Fenster, betrachtete die an

uns vorüber fahrenden Schiffe auf vier Rädern, Chryslers, Fords, Cadillacs, fast so groß wie die Bude in meiner Heidelberger WG, blickte an den Wolkenkratzern empor, Stahl und Glas bis in den Himmel, und dachte, dieser Taxifahrer ist nun das erste Arschloch, das du in der neuen Welt triffst.

Ich hätte ihn gerne gemocht, als ich zu ihm ins Taxi gestiegen war, den ersten Amerikaner, den ich traf. Aber er machte es mir wirklich nicht leicht.

Ich hatte mich ihm wieder zugewandt und fragte: Und was ist mit Motown Records?

Motown? Er glotzte mich verdutzt an. Was ist das?

Schon okay, meinte ich, nicht so wichtig.

Es geht um Musik?

Soul, sagte ich und betrachtete die vielen Menschen auf den Gehwegen. Der Kerl nervte.

Plötzlich schien er einen Geistesblitz zu haben. Klar Mann, rief er, Curtis Mayfield und so …

Mayfield kommt aus Chicago, berichtigte ich ihn.

Klar Mann, sagte er grinsend, kein Problem.

Der verarscht dich, sagte ich mir.

Er ließ eine Minute verstreichen und fragte mich dann unverwandt, ob wir noch immer Adolf-Hitler-Gedenktage abhielten.

Ich schaute ihn forschend an und erkundigte mich, wen er mit „wir" meinte.

Die Deutschen, sagte er.

Ich antwortete, „wir" hätten uns davon schon seit über fünfzig Jahren losgesagt, und das Dritte Reich interessiere die meisten Deutschen so wenig wie die spanische Inquisition.

Die was? fragte er sichtlich enttäuscht.

Schon gut, sagte ich, kein Problem.

Von da an gab es zwischen uns lange Zeit keine Unterhaltung mehr. Er kurbelte an seinem Radio herum und fand einen Jazzsender, in dem es zwischen virtuos und schnell gespielten Skalen irgendeines Gitarristen alle paar Sekunden rauschte. Ich sagte mir, wenn ich diesen Beruf ausüben müsste, dann würde ich meinen Fahrgästen keine dämlichen Fragen stellen. Und sie vor allem mit besserer Musik unterhalten.

Aber Taxifahrer wollte ich ohnehin nicht werden.

Ich hatte die Orientierung verloren. Ebenso gut hätte er mich nach New York kutschieren können. Die Wegbeschreibung, die mir mein amerikanischer Vermieter zugefaxt hatte, erschien mir mit einem Mal sinnlos.

Das Erste, was ich mir anschaffen würde, war ein Stadtplan, schwor ich mir. Doch dann wurde es ein Button mit dem hellblauen „M", dem Firmenlogo von Motown Records. Ich steckte ihn mir in Herzhöhe an meine Jeansjacke. Die Zeit der Baseballmützen war für mich noch nicht angebrochen.

8
Ich nehme die rechte Spur, will noch ein wenig durch die Stadt kreuzen und lasse deshalb meine Taxibeleuchtung aus.

Der Geruch der warmen Dönerbrote dringt vom Beifahrersitz zu mir herüber. Ich fahre am Feuerwehrhaus entlang, nehme die neu ausgebaute Hauptstraße, lasse die Stadt hinter mir und nippe von Zeit zu Zeit an meiner Cola.

Ich drehe am Lautstärkenregler, gebe den Jackson Five noch mehr Schub, will es so laut wie möglich haben, bis zum Knattern der Armaturen. Will die Lautsprecher ausreizen. Die Musik soll alles ausfüllen, das Wageninnere von Klängen zum Bersten bringen, mich ebenfalls. Zum Platzen voll mit Musik, wie so oft. Wie schon immer.

Michael Jackson singt „I'll Be There", während seine Brüder und ihr Chorgesang in der allerschönsten Dur im Hintergrund bleiben, gibt er seine, wie ich finde, genialste Vorstellung als Gesangssolist. Wie alt mag der Bengel zu dieser Zeit gewesen sein? Er scheint im Ton ein wenig daneben zu liegen, doch was er singt, fügt sich, trotz des kantigen Höreindrucks, perfekt in den Background seiner Brüder, er will es so. Für mich das großartigste Stück der Jackson Five: „Wann immer du mich brauchst, ich werde da sein. Ich werde da sein und dich beschützen."

Ich drehe noch ein bisschen lauter und fühle die Seitenscheibe sanft vibrieren. Jetzt erst bemerke ich, dass ich stadtauswärts Richtung Malaika unterwegs bin, in den nächsten Ort.

Was will ich dort, einen Blick von ihr erhaschen, warten, ob sie vielleicht im Fenster erscheint, oder Müll rausbringen wird?

Du Idiot, sage ich zu mir, du wirst wieder vor ihrem Haus stehen und nichts als zu den Fenstern starren.

Genauso ist es. Alles dunkel, bis auf die schwache Wohnzimmerbeleuchtung. Sie schauen wohl fern. Ich frage mich, ob sie gemeinsam auf dem Sofa sitzen, ob sie sich nah sind. Ich kann es mir nicht vorstellen, nicht nach allem, was wir erlebt haben.

Ich spule die Cassette zurück, muss die Jackson Five noch einmal hören. Diesmal allerdings bedeutend leiser, will dort oben ja nicht die falschen Leute aufscheuchen. Malaika erscheint nicht, weder am Fenster noch als Silhouette im Wohnzimmerdämmerlicht noch mit Mülltüten vor ihrem Haus.

Wann kommst du zu mir, höre ich mich sagen, starte den Motor, gebe Gas und rase davon. In dieser Stimmung kann ich unmöglich arbeiten, Menschen an ihre Zielorte bringen und dabei selbst keines haben. Als mein eigener Chef kann ich mir das zum Glück erlauben, ab und zu.

Zwischen Malaika und mir ist es eng geworden. Wir verbringen mehr Zeit miteinander, mehr als noch vor Monaten, und doch ist es stets zu wenig.

Wenn sie abends wieder von mir wegfährt, schmerzt es jedes Mal ein wenig mehr.

Sie kämpft einen schweren Kampf, denke ich, als ich die kurvenreiche Überlandstrecke zu mir nach Hause nehme, sie wird sich entscheiden müssen. Und ich auch.

Es beginnt zu schneien, kleine zarte Flöckchen, die sofort schmelzen und zu Wassertropfen werden, nachdem sie auf meiner Windschutzscheibe gelandet und vom Scheibenwischer erfasst worden sind.

Auf den Wiesen bildet sich eine hauchdünne Schneedecke. Der erste Schnee dieses Jahr. Pünktlich zu Heilig Abend. Als Kind hätte mich das begeistert, damals, vor langer Zeit.

Ich sehe Malaika vor mir, in ihrer roten Unterwäsche.

Wenn sie tanzt, strafft sich ihr Bauch, und ihre Rückenmuskeln bewegen sich zur Musik mit. In ihren braunen Augen flammt etwas auf, beginnt zu glühen. Bei jeder Drehung wirft sie den Kopf genau zum Takt leicht in den Nacken, schlägt die Augen auf und lächelt. Damit fordert sie mich auf, lockt mich. Und sie kriegt mich jedesmal mit diesem Augenaufschlag. Wir wirbeln durch meine Bude, bis wir außer Atem sind, tanzen eng umschlungen zum nächsten ruhigen Song, ich fühle ihre Zunge in meinem Mund, erforsche ihren Körper mit meinen Händen, zeichne die Linien der kleinen geschmeidigen Muskeln nach, küsse ihre

Schultern und nehme ihre Brüste in meine Hände. Ich bin durstig nach ihrem Geschmack. Wenn wir uns lieben, uns beißen und verschlingen, wild wie Löwen, erfüllt sich ein Versprechen, geht ein Stern in mir auf.

Ich recke mich leicht, um mich im Rückspiegel zu betrachten. Eigentlich nicht übel, kein schlechtes Gesicht, das da unter der dunklen Baseballmütze hervorkommt.

Ich betrachte meinen Mund genauer, den Malaika für absolut sinnlich hält, und erschrecke, als ein Wagen dauerhupend auf der Gegenseite an mir vorbei schießt.

Ich bin zu weit auf die Gegenspur geraten.

Scheiße, das war knapp. Und das an Heilig Abend. Eine schöne Bescherung, grinse ich vor mich hin.

Hinter den Bauernhöfen zu beiden Seiten dehnt sich die Ackerlandschaft aus und erhebt sich sanft zu bewaldeten Hängen. Die dünnen Zweige der Tannen neigen sich schon ein wenig vom Schnee. Der nächtliche Winterhimmel schimmert von irgendwo her matt und silbrig, überall Flocken. Plötzlich Schneeverwehungen und kleine Wirbel, die gegen meine Windschutzscheibe jagen.

Die dunklen Fenster meiner Wohnung lassen mich kurz innehalten.

An Heilig Abend alleine zu sein ist keine Situation, die man freiwillig wählen sollte, warne ich mich selbst.

Aber ich habe seit dem Nachmittag diese Melodie im Ohr, vielleicht kann ich jetzt etwas daraus machen. Ein Refrain, der auf einem Cis beginnt, ist ungewöhnlich für mich. Vielleicht kann ich den Abend mit einem Song beenden. Seit ich Malaika kenne, stoße ich auf andere Melodien als bisher, warum auch immer. Sie gefallen mir. Sie fühlen sich gut an.

Malaika hat mich immer wieder angespornt, mit den neuen Songs eine CD zu machen. Meine letzte liegt Jahre zurück. Sie hat recht, es ist an der Zeit. Ein paar brauchbare Songs habe ich geschrieben die letzten Monate.

Ich knipse alle Lichter an, mache gezielt einen Bogen um den Plattenspieler, nehme meine Gitarre, spiele ein Cis und lasse die Melodie mehr Raum gewinnen, lasse sie sich ausbreiten, entfalten, vielleicht hat sie ein paar neue Tonfolgen im Schlepptau und es wird ein Song daraus. Ich bin gespannt.

9

Meine Eltern hatten keine Ahnung, dass eine ganz gewöhnliche Sache, die sie kaum kümmerte, für mich eine ungeheure Bedeutung bekam. Wie damals im Sommer 1975, als sie Strolchi ins Tierheim gaben für die zwei Wochen Urlaub, die sie geplant hatten.

Die Koffer standen gepackt vor der Wohnungstüre an diesem Morgen.

Nur noch Strolchi musste ins Tierheim gebracht werden. Meine Eltern hatten niemanden gefunden, der ihn für die Dauer unseres Urlaubs zu sich nehmen wollte. Oder meine Eltern hatten überhaupt niemanden gefragt.

Meine Schwester war selbst im Urlaub, und da meine beiden Eltern keinen Führerschein hatten, rief mein Vater ein Taxi.

Vater setzte sich neben den Fahrer, Strolchi kauerte zwischen seinen Füßen. Er hatte sich den ganzen Morgen unter der Küchenbank verkrochen.

Der Hund spürt etwas, hatte meine Mutter unentwegt erklärt.

Natürlich spürt der Hund etwas, platzte Vater heraus, das ist ein Hund und kein Hamster, denkst du etwa, er ist blöd?

Ich saß hinten und starrte die ganze Zeit über auf Strolchi. Zwei Wochen ohne ihn, er ohne uns, wie konnten wir beide das überleben? Ich kämpfte gegen die Tränen.

Das Tierheim lag wie unter einer unsichtbaren Glocke aus Tiergestank. Das Bellen aus all den Hundezwingern schockierte mich. Ich musste mich sammeln, auf Strolchi schauen, hasste diesen Urlaub. Warum mussten wir überhaupt gehen, wenn man dafür unseren Hund weggeben musste?, fragte ich mich. Warum waren in der Pension am Chiemsee keine Tiere erlaubt? Wieso hatten sich meine Eltern nichts anderes gesucht?

Ich verbot mir die Tränen.

Der Taxifahrer wartete rauchend auf uns, an seinen Mercedes gelehnt. Mein Vater gab Strolchi einem Mitarbeiter des Tierheims, der ihn in einen umzäunten Hof zu einem Rudel anderer Hunde führte, die sofort angerannt kamen und Strolchi beschnupperten. Er begann zu knurren. Ein Schäferhund schnappte nach ihm. Der Mitarbeiter eilte hin und brüllte etwas, jagte den Schäferhund in den hinteren Bereich des Hofes. Währenddessen unterhielt sich Vater mit einem anderen Mann, schüttelte ihm die Hand und kam zurück. Strolchi rannte zum Zaun und bellte uns nach.

Steig ein, sagte Vater zu mir.

Ich weinte die ganze Fahrt über. Noch drei Stunden, bis unser Bus fuhr.

Zuhause floh ich sofort auf mein Zimmer. Meine Eltern sprachen kaum miteinander, jeder hatte viel zu tun.

Mutter hatte sein Bellen zuerst gehört, rief nach meinem Vater, ihre Stimme überschlug sich fast.

Das ist Strolchi, das ist Strolchi, rief sie immer wieder.

Ich rannte ins Schlafzimmer, stürmte zum offenen Fenster. Unten auf der Straße stand tatsächlich Strolchi, bellte zu unseren Fenstern hoch, drehte sich ständig um die eigene Achse, wedelte mit seinem Schwanz und machte zwischendurch Männchen. Es war ein Freudentanz. Ich hätte mittanzen können.

Vater war vor mir unten, ließ ihn herein. Der Hund stürmte heran und hopste an meinem Vater hinauf, leckte ihm die Hände, jaulte vor Freude, winselte vor Glück. Vater streichelte ihn, klopfte ihm den Rücken, kraulte seinen Nacken.

Was Strolchi vollbracht hatte, war nur Lassie gelungen, dem Collie aus dem bekannten Spielfilm, dachte ich.

Ich konnte nicht begreifen, wie er diese zehn Kilometer rennen und uns finden konnte, das Haus in dem er wohnte, unter den tausenden Häusern dieser Stadt. Und das, obwohl er während der Fahrt auf dem Boden zwischen den Füßen meines Vaters eingeklemmt gewesen war. Mein Hund war filmreif, soviel stand fest. Eine echte Konkurrenz für Lassie. Wir alle waren fassungslos.

Für mich war nun klar, dass Strolchi mitkommen würde an den Chiemsee. Oder wir eben eine tierfreundliche Pension suchen würden. Doch Vater rief erneut das Taxiunternehmen an und bestellte einen Wagen.

Diesmal fuhr ich nicht mit, ließ Vater alleine diesen Fehler begehen. Ich verstand die Welt der Erwachsenen nicht, verstand meinen Vater nicht, und wollte es auch gar nicht. Ich verstand nicht, wie man einem Wesen, das einem so viel Liebe und Treue bewiesen hatte, ein zweites Mal einen solchen Schmerz zufügen konnte.

Mein Vater erzählte, als er wieder nach Hause gekommen war, der Hund habe ihn keines Blickes mehr gewürdigt. Strolchi sei in die hinterste Ecke des Hofes getrottet und habe sich dort hingelegt, den Kopf abgewandt. Im Tierheim wusste man noch nicht einmal, dass der Hund ausgebüchst war.

Alles, was Vater dazu einfiel, war, das Tierheim als Sauladen zu bezeichnen und nun endlich in den Urlaub fahren zu können, wenn es auch nun keinen richtigen Spaß mehr machen würde. Am wenigsten Spaß hatte jedoch Strolchi, dessen Leidensgeschichte mit diesem Tierheimaufenthalt begann.

10

Es ist wie so oft, seit ich Lieder schreibe.

Melodien fliegen mir zu. Ich schlage ein paar Akkorde an, meist suche ich nach neuen irgendwo auf dem Griffbrett, Akkorde, deren Bezeichnung ich nicht kenne, ich weiß nicht einmal, ob es überhaupt Akkorde sind, die sich in einem Gitarrenbuch finden lassen.

So war das von Anfang an, als ich mir mit ein- oder zweiundzwanzig meine erste Gitarre gekauft hatte. Ich wollte eigentlich nur die alten Folksongs spielen, Dylan, Donovan und Joan Baez.

Doch kaum hatte ich die ersten drei Akkorde drauf, ging es los mit den eigenen Melodien. Als ob die Melodien auf dem Griffbrett auf mich warteten.

So ist das mit Leuten, die keine einzige Note schreiben oder lesen können. Die fummeln und forschen dann auf dem Griffbrett ihrer Gitarre herum und stoßen auf die seltsamsten Akkordfolgen. Aus denen interessante Songs werden. Nach Texten brauchte ich nicht lange zu suchen, es war so eine Art Zwang, mich mitzuteilen.

Damit kannst du die Blattableser und Notenverschlinger zum Wahnsinn treiben, bestenfalls aber zum Staunen bringen. Ich weiß das, weil ich drei Jahre lang mit einem solchen Menschen ein Duo hatte. Ein Pianist. Guter Musiker, aber völlig unkreativ. Wenn ich mit einem neuen Song ankam, unpassenden Akkordfolgen, wie er meinte, unvereinbar eigentlich mit seinem Musikverständnis, hob ich seine musikalische Welt aus den Angeln. Ein wenig zumindest. Mit ein paar Akkorden, die nicht zueinander passten.

Aber das war nicht Musik, wovon er redete, sondern nur ein mathematisches Moment in einem Notengefüge.

Den Leuten im Publikum war das egal, ihnen gefielen meine Songs. Ich sah es in ihren Augen und Gesichtern, wenn ich auf der Bühne stand. Nur darum geht es bei Musik. Sie soll berühren, dich treffen, im Herzen, im Bauch oder in die Beine fahren. Ganz gleich, ob die Akkorde einem Harmonieverständnis entsprechen oder nicht. Manche Leute kapieren das hinter ihren Instrumenten nicht.

Was soll's, ich brüte jedenfalls gerade über der Strophenmelodie meines neuen Songs, als das Handy klingelt: Malaika.

Warst du das vorher? Ihre Stimme tut gut.

Was meinst du? Ich stelle mich unwissend, will sie herauslocken.

Vor meinem Haus, das warst doch du, oder? Ich hab den Song gehört, war nicht zu überhören.

Ja, „I'll Be There", ich habe mich gefragt, ob *du* da sein wirst, wenn es soweit ist, wenn die Zeit reif sein wird. Ob du dann zu mir kommen wirst. Wo warst du, ich hab dich nirgendwo entdeckt hinter den schwarzen Fenstern.

Sie schweigt eine Weile. Vermutlich überlegt

sie, auf welche Frage sie antworten soll.

Ich bin ins Bad gegangen, als ich den Motor und die Musik gehört habe, hab dich wegfahren sehen. Dein Wagen ist ja nicht zu übersehen.

Wieso hast du dich nicht zu erkennen gegeben?

Ich hab mich geschämt.

Wofür?

Ich hätte nicht zu dir nach unten kommen können. Und von dort oben zu winken kam mir schäbig vor.

Ja, das wär es tatsächlich gewesen. Ich spüre schon wieder diese Wut in mir aufkommen.

Und weshalb rufst du jetzt an?

Um dir zu sagen, dass ich hinter dem Fenster war.

Deshalb?

Ja, weil ich mich dafür schäme, mich nicht gezeigt zu haben.

Klingt verzwickt.

Ich weiß, aber ich weiß auch …

Nicht jetzt, Malaika, es ist Heilig Abend, ich fühl mich beschissen, du bist nicht da. Ich will jetzt nicht hören, dass du irgendwann kommst. Ich stocke, verfolge einen dunklen Impuls in mir.

Hattet ihr schon Bescherung?, frage ich mit diesem Ton, den ich an mir hasse.

Keine Antwort. Warum sollte sie mir auf diese Frage auch antworten?

Willst du mich verletzen? Wenn ja, ist es dir ge-

lungen.
 Sehen wir uns irgendwann an den Feiertagen?
 Sie zögert zu lange, das bedeutet nichts Gutes.
 Ich weiß es nicht, wohl eher nicht.
 Dann noch schöne Feiertage, sage ich und lege auf.
 Ich starre das Telefon an, aber sie ruft nicht nochmal an, es bleibt still.
 Was sollte sie auch sagen? Sich entschuldigen, sagen, dass es ihr leid tut? Aber was genau sollte ihr leid tun? Dass sie seit eineinhalb Jahren den Entschluss nicht gefasst hat, dass sie mich zwar liebt, aber noch Zeit braucht. Abschied nehmen muss. Natürlich muss man Abschied nehmen, meinetwegen auch angemessen, aber unbedingt so lange? Will sie am Ende gar nicht?
 Ich komme damit nicht mehr klar.
 Ich komme auch nicht damit klar, dass sie jetzt nicht mehr anruft. Dass ich sie verletzt, es sogar gewollt habe.
 Ich schiebe das Papier und den Stift beiseite, ich habe keine Lust mehr, den Song fertig zu schreiben, und ziehe eine Marvin-Gaye-LP aus dem Regal. Ihn brauche ich jetzt.
 Ich setze den Tonabnehmer auf den Song, mit dem er 1982 seinen letzten Welthit hatte: „Sexual Healing".
 Während Marvin singt, gehe ich zum Fenster, um dem stürmenden Schneetreiben zuzuschauen.
 Milliarden Flocken scheinen durch die Luft zu

wirbeln.

Auf der anderen Straßenseite biegt sich die dicke Tanne unter den Windböen. Von den ausladenden Zweigen wehen Schneewolken.

In der letzten Stunde muss es dort draußen mächtig getobt haben. Ich spüre das Wintergefühl meiner Kindheit in mir aufkommen.

11

Ich erinnere mich sehr gut an den 24. Dezember 1975, obwohl er über dreißig Jahre zurückliegt.

Das heißt, eigentlich erinnere mich eher an jene Nacht als an die Ereignisse des Tages.

An diesem Heilig Abend empfand ich zum ersten Mal eine Art Verachtung meiner Schwester gegenüber. Natürlich liebte ich sie über alles, sie war meine Zuflucht, wenn es mir ganz übel ging, aber sie ließ einfach zu viel mit sich machen, wehrte sich nicht, war eben auch keine Rebellin, kämpfte nicht für ihre Freiheit.

Was in jener Nacht passierte, hat sich unauslöschlich in mein Gedächtnis gebrannt.

Ich hatte es als Kind geliebt, durch kniehohen Schnee zu stapfen, sibirischen Winter zu spielen. Ich alleine unterwegs in der Unendlichkeit sibirischer Weiten, verfolgt von grausam dreinblickenden Soldaten, die mein Leben wollten, warum auch immer. Bewaffnet mit nur einem stumpfen Taschenmesser, mit dem ich jagte, Wildschweine erlegte, ihr Fleisch roh verschlang, wenn es sein musste, damit auch den Kampf gegen Bären oder Berglöwen aufnahm, denn der Wille zum Überleben in dieser eisigen Wildnis war wie ein loderndes Feuer in mir. Leben, nichts als Leben, mit diesem Feuer im Leib, gegen das auch der schlimmste Winter nicht ankommen konnte.

Der Weg durch den Schnee, die Eiseskälte wurden immer furchtbarer, ich stöhnte mühsam, fraß Schnee, und nichts als Schnee um mich herum. Ich legte die Hände in den Schnee, bis mir die Finger schmerzten, bis ich vor Kälte weinte, dann erst war das Spiel perfekt. Stunden brachte ich so zu, ich musste erschöpft sein und wie fast erfroren, dann erst stapfte ich nach Hause. Dieser echte So-weit-die-Füße-tragen-Blödsinn.

Meine Mutter hatte immer fürchterlich mit mir geschimpft, weshalb ich nicht schon längst nach Hause gekommen sei. Dann gab es heiße Schokolade und Marmorkuchen, das Größte nach einem Mittag in eisigen sibirischen Weiten voller Einsamkeit und Kälte.

An jenem Heilig Abend kam ich halb erfroren nach Hause. Mutter schimpfte nicht, vermutlich weil Heilig Abend war.

Sie rief mich in die Küche, zog mir die nassen Klamotten aus, rubbelte meine Haare trocken, was ich überhaupt nicht ausstehen konnte, weil sich davon meine Haare wieder lockten, doch die Aussicht auf heiße Schokolade und Marmorkuchen nahm mir ein wenig den Ärger darüber.

Vater schmückte im Wohnzimmer den Christbaum und ließ keinen zu sich hinein. Punkt fünf rief er uns und wir versammelten uns um den geschmückten Baum. Meine Schwester war nicht dabei. Es war der erste Heilig Abend ohne sie.

Ich erinnere mich nicht mehr an die Geschenke, die ich bekam, ob ich ein Gedicht aufsagte oder nicht, ob Vater wieder einen seiner sentimentalen Anfälle bekam und losheulte. Ich erinnere mich nicht einmal, ob ich meine Schwester vermisste, ob sie anrief, und wie Mutter und Vater sich dabei fühlten, diesen ersten Heiligen Abend ohne ihre Tochter zu feiern.

An Heilig Abend wurde ich nie ins Bett geschickt, also blieb ich vermutlich auch an diesem so lange auf, bis mir die Augen von selbst zufielen und ich freiwillig in mein Zimmer schlafwandelte.

Ich weiß nicht mehr, wie lange ich geschlafen hatte, doch ich weiß, dass das Telefon irgendwann in der Nacht klingelte. Eine Ewigkeit geklingelt hatte, bis Vater ranging.

Durch meine geschlossene Zimmertüre konnte ich nicht hören, was er sagte, er klang erstaunt, erschrocken fast. Er wurde leiser, seine Sätze kürzer, sie klangen wie Befehle. Dann legte er auf. Ich horchte eine Weile auf die Stille.

Mittlerweile war Mutter aufgewacht, redete unentwegt und schien ihn zu ärgern, weil er ihr gegenüber aggressiv wurde und seine Stimme erhob.

Sie kommt, hörte ich ihn sagen, sie kommt.

Jetzt?, fragte Mutter erschrocken.

Als beide in die Küche gingen und dort laut miteinander diskutierten, schlich ich mich aus dem Bett, ins Schlafzimmer meiner Eltern, klemmte mich hinters Fenster und wartete. Ich fror erbärmlich, denn Vater riss im Schlafzimmer immer das Fenster auf, ganz gleich zu welcher Jahreszeit. Außerdem gab es in diesem Zimmer keine Heizung. Wir wohnten in einem Altbau im Gerberviertel. Heizen konnte man nur zwei der vier Zimmer. Und wir teilten uns mit zwei anderen Familien eine Toilette auf dem Hausflur.

Ich vertrieb mir die Zeit damit, die Eisblumen am Fenster anzuhauchen und mit dem Finger neue Figuren daraus zu malen, bis unter dem Fenster ein Taxi auf der Straße anhielt.

Auf der Beifahrerseite öffnete sich die Türe und meine Schwester stieg aus. Ich traute meinen Augen nicht, sie war nackt, fast splitternackt. Mit bloßen Füßen stapfte sie durch den Schnee auf unser Haus zu, bedeckte mit der Jacke des Taxifahrers ihren Oberkörper. Sie klingelte ganz kurz und schmiegte sich in den Hauseingang.

Kurz darauf kam Vater aus dem Haus, ging im Morgenmantel auf das Taxi zu und reichte dem Taxifahrer durch das geöffnete Fenster die Jacke und einen Geldschein hinein. Er nahm kein Wechselgeld entgegen, sondern winkte dem Fahrer zu und ging ins Haus zurück. Ich sah dem Taxi nach. Am Ende der Straße hielt es kurz an, die Beleuchtung auf dem Dach ging aus und das Wörtchen „Taxi" erlosch, dann fuhr es weiter.

In der Küche hörte ich meine Schwester schluchzen und erzählen. Von meinen Eltern keinen Mucks.

Ich erinnere mich, dass ich ständig den Namen meines Schwagers in ihren Worten hörte: Eberhard. Er klang schon damals für mich nicht wie der Name eines Mannes, eher nach einem Turmverlies oder einem Hotel, er klang hart und kantig.

Ich drückte das Ohr an die Küchentüre, hielt den Atem an und lauschte. Ich wurde nicht recht schlau daraus, was sie unter Tränen erzählte, irgendetwas von einem Gegenstand, den er in sie einführen wollte, worauf sie sich gewehrt hatte, versucht hatte, ihm auf andere Art willig zu sein. Ich erinnere mich an diesen Wortlaut, sie konnte sich, wenn sie wollte, gewählt ausdrücken. Ein Streit war entstanden, er hatte sie geschlagen, an den Haaren gepackt und splitternackt aus dem Haus geworfen. Auf ihr Klingeln, Klopfen und Flehen die Türe aber nicht wieder geöffnet.

Sie stockte, hustete, hatte sich am Weinen verschluckt.

Nackt war sie umher gerannt, erzählte sie weiter, bis sie fast von diesem Taxi überfahren wurde. Der Taxifahrer, der mitten in der Nacht eigentlich nur zum nächsten Zigarettenautomaten wollte, hatte ihr etwas Geld zum Telefonieren gegeben und sie zu uns gefahren.

Bitte, Papa, lass ihn, er kann nichts dafür, hörte ich sie sagen.

Vater begann zu toben, die beiden Frauen beruhigten ihn jedoch und er ließ lautstark von einem Vorhaben ab, was immer es auch gewesen sein mag.

Ich kroch in mein Bett zurück und konnte nicht

fassen, dass meine Schwester diesen Mann noch in Schutz nahm. Am liebsten hätte ich ihr dafür eine geknallt. Mein Vater erschien mir wie der letzte Waschlappen, weil er nicht sofort hinfuhr und diesem Schwein die Fresse polierte.

Ich schwor mir, sobald ich das richtige Alter hatte und die dafür notwendige Kraft, würde ich ihm, Eberhard, eine Abreibung verpassen, die er nie wieder vergessen würde.

12

Ich weiß bis heute nicht, wo mich dieser Detroiter Taxifahrer überall hingekurvt hat.

Nach den Wolkenkratzern tauchte der See zwischen endlosen Häuserreihen auf, ein paar Boote darauf, eigentlich viel zu wenige, die Skyline verschwand, hässliche Wohnblocks wucherten, so weit man sah, dann eine Straße breit wie ein Fluss und scheinbar endlos.

Endlos kam mir auch die Fahrt in diesem Taxi vor.

Das ist sie, kaute der Taxifahrer hervor.

Ich schaute ihn fragend an.

Na, die Woodward, sagte er, ohne mich anzublicken.

Die war mal Detroits Stolz. Fünfunddreißig Meilen lang, er schnalzte mit der Zunge.

Ich überlegte, ob er mich schon wieder verarschen wollte, war aber froh, endlich meinem neuen Zuhause näher gekommen zu sein, kramte den Zettel mit der Adresse aus meiner Hosentasche und las.

Zu früh, sagte er und grinste, dauert noch 'ne Weile. Wie ich schon sagte, die ist scheißlang.

Als ich mir die Bude übers Internet suchte, wusste ich noch nichts von der Woodward Avenue, jetzt war ich froh, fast ein bisschen stolz, bald in dieser Straße zu wohnen.

Wir kreuzten nun schon durch die dritte Vorstadt, die eine ansehnlich mit schmucken kleinen

Holzhäusern, bunten Veranden samt Schaukelstühlen und kleinen gepflegten Rasenflächen vor den Treppen, die andere mit zerklüfteten Grundstücken, auf denen kein Gras zu wachsen schien, stattdessen schmutziggraue Erde, von löchrigen, halbzerfallenen Zäunen umgeben, und hin und wieder ein verlassenes Haus mit zerstörten Fensterscheiben und Müllbergen davor.

Jugendliche Schwarze mit dicken Kapuzenpullovern streunten in Gruppen zwischen den Häusern umher.

Fast eine Filmszene, dachte ich.

Die letzte Vorstadt glich einer Steinwüste, hunderte leerstehender Fabriken, Berge von Bauschutt und Steinen auf den ehemaligen Parkplätzen, nirgendwo eine Menschenseele. Bilder, die ich aus Science-Fiction-Filmen kannte, düstere Zukunftsvisionen von verlassenen, menschenleeren Städten, wo nachts wie tags nur der Schrecken regiert, Gangs über Leben und Tod entscheiden. Es war fürchterlich.

Ich wandte mich zum Taxifahrer: Wo sind all die Menschen hin?

Keine Ahnung, meinte er kauend.

Ist das überhaupt Detroit?, fragte ich schockiert.

Er lachte kurz auf. Boston ist es ganz bestimmt nicht, sagte er grinsend und erklärte, Detroit sei die gefährlichste Stadt Amerikas, ich solle Viertel wie dieses unbedingt meiden. Er verstehe ohnehin nicht, wie man als Ausländer in eine Stadt ziehen wolle, in der jeden Tag ein Mord verübt werde.

Die Woodward Avenue wurde breiter und lebhafter, auf ihren Gehwegen tauchten wieder Fußgänger auf, ein paar Geschäfte oder Autowerkstätten. Der Verkehr nahm zu. Der Taxifahrer wechselte unentwegt die Spuren und schien mich vergessen zu haben.

Der Morgenhimmel hatte sich verändert seit einiger Zeit. Graue Schleier hingen über der Stadt, ich wusste nicht, ob es Smog oder Wolken waren, aber die Lust aufs Reden war mir seit dieser Geisterstadt vergangen.

Als er in eine Parklücke vor einem backsteinernen Wohnblock fuhr, wandte er sich zu mir um und sagte: Willkommen in Detroit, Motown is Notown.

Er knöpfte mir eine Menge Geld ab, ich stieg aus und verglich die Adresse mit der auf meinem Notizzettel. Sie stimmten überein. Es war jedoch kein Hochhaus. Ein rötlicher Würfel mit schmutzigen Fenstern, wie tausende in Detroit und fast allen hier an diesem Abschnitt der Woodward Avenue.

Ich wollte mich von dem Taxifahrer verabschieden, doch der war schon losgefahren und auf einer der Spuren im flüssigen Verkehr verschwunden.

Es hupte und stank mir entgegen. Die Leute, denen ich glotzend im Weg stand, starrten auf meinen Gitarrenkoffer. Oder auf den Stevie-Wonder-Aufkleber darauf, der die Größe eines Fußballs hatte.

Es war unglaublich, die Woodward Avenue lag vor mir wie ein überdimensionales Lineal, auf dem kleine Spielzeugautos entlangfuhren und zu deren beiden Seiten winzige Menschen über die Gehsteige hasteten. Am Ende dieser kolossalen Straße ragten die Wolkenkratzer Downtowns in den Himmel, so umwerfend und beeindruckend, als ob die Avenue nur gebaut worden wäre, um an dieses Ziel zu gelangen, an diese Ansammlung von Wolkenkratzern, zu dieser Skyline, die, wie mir mein Reiseführer erzählte, zu den schönsten der Welt gehört.

Er ist der Größte, sagte ein dunkelhäutiger Junge zu mir, der grinsend auf meinen Gitarrenkoffer zeigte, Stevie, er ist cool, Mann.

Ich nickte, traute mich noch nicht, irgendetwas zu erwidern, versuchte allerdings, ihm so freundlich wie möglich zuzunicken, und verschwand in dem Haus, in dem ich für die nächsten Monate wohnen wollte.

Das Treppenhaus war dunkel und roch nach altem Fett, Schweiß und einem scharfen Putzmittel. Ich suchte den Lichtschalter. Die schmutzigen Glühbirnen warfen mehr Schatten als Licht in die Flure und auf die Treppen.

Die Treppen in den nächsten Stock lagen jeweils am Ende eines Ganges, sodass man an jedem Apartment vorbeigehen musste. Nirgendwo standen Namen an der Tür. Ich fragte mich, wie diese Leute ihre Post bekamen, denn ich hatte auch im Eingangsbereich keine Briefkästen gesehen.

Hinter den Türen hörte ich Stimmen, Lachen, Musik. Ich versuchte, aus den Gesprächsfetzen etwas herauszuhören, aber keine Chance, ich verstand absolut nichts. Ich erinnere mich, dass ich an einer Türe stehen blieb und auf das Gespräch dahinter horchte, aber nichts verstand, nicht ob die beiden Menschen hinter der Türe, ein Mann und eine Frau, über das Essen redeten, das Wetter, über Politik oder Sex. Ich hatte keine Ahnung und wäre am liebsten sofort wieder in ein Flugzeug gestiegen und nach Good Old Germany abgehauen.

Hi!

Ein kleines, dunkelhäutiges Mädchen stand vor mir und schaute mich fragend an. Ich grüßte zurück, reichte ihr sogar meine Hand, die sie eine Weile fragend anstarrte, bis sie sie entgegennahm.

Was suchst du?, fragte sie.

Ich freute mich, dass ich sie verstanden hatte, und nannte ihr die Etage und die Nummer meines Apartments.

Sie erklärte mir, dass ich noch fünf Stockwerke höher musste. Ich bedankte und verabschiedete mich.

Ich bin Layla, rief sie mir nach.

Ich weiß nicht, ob sie meinen Namen verstand, den ich ihr von der nächsten Treppe aus zurief, denn sie gab keine Antwort mehr. Vielleicht war sie auch schon wieder verschwunden. So geheimnisvoll wie sie aufgetaucht war.

Überall in den Gängen dasselbe, Musik, Stimmen, Lachen, Geschrei, Gespräche, und ich ging daran vorbei. Wie schon so oft.

Auf der letzten Treppe krachte es mir entgegen, noch bevor ich die Etage erreicht hatte. Ein Sound, der noch um die Welt gehen sollte, der in Amerika seine Geburtsstunde schon hinter sich hatte.

Die ganze Etage bebte von der Musik, diesem hypnotischen Lärm. Da sang ein junger Bursche mit einer angerauten, frechen und rotzigen Stimme zu einem Gewitter elektrischer Gitarrenriffs in irgendwelchen Molltonarten.

Plötzlich war ich mittendrin, packte mich die Schwingung der Bassboxen durch die Türe des Apartments hindurch, aus der die Musik dröhnte. Auf meiner Haut begann es zu prickeln. Ein Schauer rieselte mir über den Rücken. Es klang großartig, dreckig, aufmüpfig und rebellisch, arrogant und verletzt.

Als ich vor der Türe mit der Nummer 601 stehen blieb, hatte mich die Begeisterung für diesen Sound ergriffen.

In Apartment 601 wohnte laut der Information

meines Vermieters „Liv Smith", was ich anfangs für einen Scherz gehalten hatte. Wer würde schon Liv Smith heißen? Aber er hatte mir versichert, dass es ihr richtiger Name sei. Er hatte bei ihr meinen Wohnungsschlüssel hinterlegt.

So wie es sich anhörte, war sie offenbar zuhause.

Als ich Liv später nach dem Titel des Stückes fragte, bekam ich einen Lachanfall, denn obwohl ich längst kein Teenager mehr und eigentlich nach Detroit wegen des Soul gekommen war, blieb „Smells Like Teen Spirit" für mich der Song, der mich willkommen hieß und den ich immer mit meiner Zeit in Detroit verbinden werde.

Ich klopfte, obwohl ich zweifelte, dass die Person hinter der Türe es überhaupt hören konnte.

Nichts, nur die dröhnend laute Musik. Ich klopfte noch einmal.

Keine Reaktion. Ich an dessen Stelle hätte auch nicht geöffnet, sondern geglaubt, dass sich ohnehin nur jemand über den Lärm beschweren wollte.

Plötzlich flog die Türe auf und sie stand vor mir.

Als hätte die Musik, die mir jetzt wie ein Orkan entgegen blies und in den Magen fuhr, Menschengestalt angenommen und ein Gesicht bekommen, starrte sie mich mit einem Blick an, der mir Angst machte.

Ich erinnere mich an dieses „What!", mit dem sie mich anbrüllte. Und es klang nach „was willst du, Penner!" Jedenfalls sah es danach aus.

Ich rief ihr ein „Sorry" entgegen, und erklärte, dass ich bei ihr meinen Schlüssel abholen solle für das Apartment nebenan.

Ach, du bist das!, rief sie, und ein winziges Lächeln zuckte in ihrem Mundwinkel.

13

Ich spiele Marvin Gayes „Sexual Healing" nun schon zum vierten Mal.

Unsere Tanznummer. Oft war aus dem Tanzen mehr geworden. Auf dem Wohnzimmerteppich, dem Tisch, oder auf dem Sofa. Das Tanzen hatte uns immer heiß gemacht. Marvins Schuld.

Ich starre aus dem Fenster. Noch immer fürchterliches Schneetreiben. Bevor ich den Song zum vierten Mal spielte, hatte ich eine SMS an Malaika gesandt, habe aber bis jetzt noch keine Antwort erhalten.

Vielleicht ist sie sauer auf mich? Mir bricht der Schweiß aus. Was habe ich angerichtet. Wie konnte ich so mit ihr reden. Es würde mich nicht wundern, wenn sie mich jetzt abservieren würde.

Ich gehe zum Plattenspieler und nehme den Tonabnehmer mitten im Lied von der Schallplatte, zünde eine Kerze an und knipse die Lampen aus.

Ich muss nachdenken. Das funktioniert besser im Stillen und bei Dunkelheit. Unentwegt fliegen Schneeflocken gegen das Fenster und rinnen als Wassertropfen herab. Plötzlich erkenne ich mein Gesicht im Fenster und wende mich ab.

Ich nehme die Fäuste als Deckung vors Gesicht, tauche vor den unsichtbaren Schlägen eines imaginären Gegners ab und wieder auf und schlage Serien von vier, fünf schnellen Schlägen in die Luft. Schattenboxen. Ich schlage Geraden und ein paar seitliche Kopfhaken. Bei jedem Schlag das laute Auspusten. Wie im Ring. Ein paar Minuten geht das so. Der Boden unter mir vibriert. Zum Glück habe ich die Einliegerwohnung. Schattenboxen strengt an, glaubt man gar nicht.

Ich nehme schnaufend mein Handy, suche Malaikas Nummer und rufe an. Selbst auf die Gefahr hin, dass ihr Mann das Klingeln hört. *Will* ich sie kompromittieren? Ich könnte auflegen, tu es aber nicht. Sie nimmt nicht ab. Ihre Mailbox geht an. Darauf zu sprechen ist mir zu blöd. Am Ende hört ihr Mann heimlich ihr Handy ab und lauscht meinen Liebesbezeugungen.

Ich muss sie sprechen. Selbst jetzt, wo sie nichts mehr von sich hören lässt, denke ich: gerade jetzt.

Ich blase die Kerze aus, nehme meine Lederjacke von der Garderobe, schlüpfe in meine Sneakers und nehme den Autoschlüssel vom Sideboard.

Ich wische mit dem Ärmel meiner Jacke den Pappschnee von den Seitenfenstern und steige ein.

Der Motor springt wie immer beim ersten Mal an. Mein Saab 900 hat mich noch nie im Stich gelassen, denke ich und lächle über diesen Gedanken, der mitten in einen Werbeclip passen würde. Warum denkt man manchmal in diesen dämlichen Klischees? Oder tue nur ich das?

Ich fahre rückwärts aus der Parklücke, während die Wischblätter Schneehäufchen von der Windschutzscheibe schieben, und betrachte die Flut von Schneeflocken, die im Lichtkegel des Abblendlichtes auftauchen.

Es ist schon ein bisschen bescheuert, bei diesem Schneesturm noch einmal loszufahren. Noch dazu diese Strecke, die ja bekannt ist für ihre heimtückischen Stellen im Winter oder im Herbst bei Aquaplaning.

Mein Saab beginnt auf der völlig zugeschneiten Überlandstrecke zu schlingern. Hier ist noch nicht geräumt worden. Es ist jedes Jahr dasselbe. Beim ersten Schnee sind alle Einsatzkräfte völlig überfordert, weil es davon zu wenige gibt, ebenso wie zu wenig Räumfahrzeuge. Ein Haufen Unfälle sind die Folge. Abschleppdienste, Polizei und Krankenwagen kommen erst nach einer Ewigkeit an die Unfallstellen, überall Eis und Schnee.

Nach einer Woche gehen überall die Streusalzvorräte zu Ende. Chaos. Überall wird gestöhnt vor der Kälte und den Schneemassen, als würden alle diese Situation zum ersten Mal erleben. Jedes Jahr dasselbe Theater. Und in keinem Winter scheinen sie darauf vorbereitet zu sein.

Selbst Tiere sind klüger. Denn wenn es so wäre, würde ich jetzt nicht über diese Scheißstraße schlittern.

Ich habe die Musik zu laut gestellt. „You Can't Hurry Love" von Diana Ross und den Supremes.

Ein absoluter Knaller von einem Song. Bei dem Stück, egal ob er im Radio gespielt wird und ich zufällig reinschneie, was nicht sehr oft vorkommt, da ich das Gequatsche der Quotenradio-Moderatoren kaum ertrage und deshalb selten Radio höre, oder ob ich ihn auf einer Cassette antreffe, was wiederum sehr oft vorkommt, weil ich ihn auf fast allen selbst aufgenommenen Samplern drauf habe, ganz gleich jedenfalls, zu welchem Zeitpunkt ich dieses Stück höre, es macht mich euphorisch, macht mich rasend.

Klar, du kannst die Liebe nicht beschleunigen, sie zur Eile zwingen, sie hat ihre eigene Zeit, ihre eigene Gesetzmäßigkeit. Hüte sie, pflege sie, entfache das Feuer stets von Neuem. Denn wenn sie da ist, gibt es nichts Unbedingteres, nichts Größeres, nichts Erfüllenderes. Natürlich sind wir, bin ich auf der Suche nach einem Menschen, der mich versteht, der mich sieht, wie ich bin, mich nimmt wie ich bin. Mich wirklich liebt. Das ist es doch. Darüber geht nichts. Na klar, Diana, deine Mama hat schon recht, wenn sie sagt, du kannst die Liebe nicht beschleunigen, aber wenn du die Liebe irgendwo siehst, an irgendeiner Ecke deines Lebens, dann gib Gas und fahr so schnell du kannst und versuch sie dir zu holen, hol dir das Glück, versuch es für dich zu retten, pack es beim Schopf.

Also gebe ich Gas und rase viel zu schnell für meine Reifen über diese Straße, über den ersten Schnee dieses Jahr.

Aber wozu, frage ich mich. Ich werde unter Malaikas Fenster stehen und auf etwas warten, das nicht eintreffen wird, jedenfalls nicht heute. Man kann Liebe nicht erzwingen, und auch keine Entscheidungen. Nicht solche. Ich werde mir wie der letzte Vollidiot vorkommen, dort unter ihrer Wohnung, den Moment abwartend, ihre Silhouette im Fenster zu sehen, in der Hoffnung, dass sie einen Blick nach draußen wirft und mein Taxi entdeckt. Und dann unter irgendeinem Vorwand die Wohnung verlässt und zu mir in den Wagen steigt, mich küsst, mich berührt, mit mir lacht. Oder, wer weiß das schon, vielleicht mit einem Koffer in der Hand und schnellen Schritten auf mich zu geht und mit den Worten „Das war's, da bin ich" die Türe zuwirft, ihre linke Hand auf meinen Schenkel legt und ich mit quietschenden Reifen losrase, in ein neues Leben.

Dennoch, es ist idiotisch, bei diesem Wintereinbruch mit dem Auto unterwegs zu sein. Heftige Schneeverwehungen vor meinen Scheinwerfern, so gut wie keine Sicht, Lichtkegel, die hilflos in einem wie irr gewordenen wehenden Weiß herumstochern und vergeblich nach einer Straße suchen. Ich bekomme ein wenig Angst, bremse im falschen Moment ruckartig vor Schreck über all die Dinge, die mir hier auf dieser Straße zu dieser Stunde passieren können.

Vor mir plötzlich eine Kurve, die ich im Schneegestöber nicht einmal habe kommen sehen.

Dann geht alles blitzschnell.

Wie oft hat man diesen blöden und zutreffenden Satz schon gehört. Bei Unfällen, bei Totschlägen: Es ging alles viel zu schnell.

Ich steige auf die Bremse und brülle ein „Verdammt" in das Vakuum, in dem ich sitze, obwohl doch jeder Autofahrer weiß, dass man dies eben nicht tun sollte, und nehme sofort den Fuß wieder von der Bremse. Zu spät. Mein Saab dreht sich um die eigene Achse, ein Mal, zwei Mal und noch einmal. Zu meinem Erstaunen läuft das nun wie in Zeitlupe ab. Als ob ich es aus irgendeiner Ferne betrachte. Als ob ich gar nicht dazu gehöre.

Es kracht und klingt wie berstendes Holz.

Mein Saab rutscht auf eine zugeschneite Wiese, rumpelt, hebt sich und fährt in eine Schneelandschaft hinein. Schneewehen zu beiden Seiten. Ich kurble wie verrückt am Lenkrad, bremse. Das Heck des Wagens überholt mich. Mir wird schwindlig. Vor der Windschutzscheibe wirbelt es wie in meinem Kopf.

Dann kommt mein Taxi zum Stehen, heult irgendwie auf. Ich muss husten.

Aus den Lautsprechern tönt tatsächlich Smokey Robinsons „The Tears Of A Clown". So untermalt man Filmszenen in schwarzhumorigen Streifen, denke ich und fluche eine Ewigkeit vor mich hin, brülle und schlage mit den Fäusten aufs Lenkrad, bis ich ruhiger werde. Zu ruhig.

Du hast einen Schock, höre ich mich sagen, kurz bevor die beiden riesigen Scheinwerfer eines Traktors direkt vor mir mich blenden.

14

Meine Schwester arbeitete in einem Klamottenladen in der Fußgängerzone.

Nach der Schule ging ich immer zu ihr in den Laden, saß im Aufenthaltsraum und machte Hausaufgaben. Wir holten uns Pommes mit Ketchup und Eiscreme als Nachtisch. Zuhause war sowieso niemand, der auf mich gewartet hätte. Mutter arbeitete. Verdammt, sie kommt in meinen Kindheitserinnerungen so gut wie nicht vor. Das Leben schien ihr eine Nebenrolle in das Drehbuch meiner Kindheit geschrieben zu haben.

Denke ich an Mutter und versuche meine ersten Erinnerungen an sie zu bemühen, fallen mir manche Sonntagmorgen ein: Wir warten auf Vater, der wie jeden Sonntag bei seinem Frühschoppen sitzt, säuft und Karten spielt. Ich sitze auf dem Wohnzimmersofa und baue Raumschiffe aus Lego, die mich in ferne Welten entführen sollen.

Strolchi kauert in der Ecke, schnarcht leise, Mutter geht weinend von Fenster zu Fenster und gießt ihre Pflanzen. Ich frage sie, weshalb sie weint, und sie sagt nur, dass ich das nicht verstehe, sie will es mir später einmal erklären.

Immer gab sie mir diese Antwort, wenn ich sie weinen sah und mich ängstigte über ihre Tränen, ihre Traurigkeit.

Eine weinende Mutter fällt mir ein, eine traurige Frau, die sich um ihre Pflanzen sorgt. Und eine pflichtbewusste Arbeiterin, die am liebsten in ihre

Firma rannte und Büros putzte.

Ich hasste Mutters Arbeitswut, dass sie, selbst wenn sie krank war, noch arbeiten ging. Was war so toll daran, die Mülleimer der Sekretärinnen zu leeren, ihre Schreibtische zu putzen, fragte ich mich, wenn ich gegen Nachmittag meine Schwester in ihrem Laden verließ, nach Hause ging und eine leere Wohnung vorfand.

Ein Glück, dass es noch kein Fernsehprogramm um diese Zeit gab und es erst am frühen Abend losging. So war ich gezwungen, meine eigene Fantasie zu bemühen, bis Vater gegen sechs nach Hause kam, wenn er nicht auf drei oder vier Biere zuerst noch in seine Stammkneipe musste.

Ich verblödete also nicht vollends vor der Glotze, sondern las Comics oder malte selbst welche. Ich erfand eigene Charlie-Brown-Comics.

Wenn ich mich recht erinnere, steckten zu dieser Zeit in den Deckeln von Nutella-Gläsern kleine Stempel mit Charlie-Brown-Figuren. Snoopy, Charlie, Lucy und Linus, die komplette Gang eben.

Ich erfand neue Abenteuer mit diesen Stempeln, malte Szenerien, überlegte mir Texte für die Sprechblasen. Es war toll, Geschichten zu erfinden.

Ein anderes Großprojekt meiner Kindheit war das Nachstellen der Schlacht bei Waterloo.

In meinem Besitz befanden sich an die zweihundert Minisoldaten, etwa zwei Zentimeter groß, alle in hellem Gelb.

Ich besorgte mir in der Schreinerei neben uns ein Spanbrett so groß wie der Tisch in meinem Zimmer. Er war riesig, da in meinem Zimmer die alten Wohnzimmermöbel meiner Eltern standen und ein altes Bett meiner Schwester. Ich wohnte wie in den fünfziger Jahren. Ein richtiges Jugendzimmer bekam ich erst mit vierzehn, als wir aus dem Gerberviertel wegzogen.

Das Spanbrett bemalte ich grün, kaufte Modelleisenbahnzubehör und bastelte aus Pappe und Papier Berge und Hügel, klebte auf und strich alles erneut. Als das Schlachtfeld von Waterloo fertig war, bemalte ich meine beiden Armeen, jeden einzelnen Soldaten detailgetreu. Eine Arbeit von vielen Monaten. Am Ende klebte ich jeden Soldaten auf, entwarf Kampf- und Schlachtszenen.

Oder ich stand vor dem Spiegel und versuchte, wie Elvis zu tanzen, wackelte mit den Hüften und sang mit dem Besen als Mikrofon seine Songs nach, „Jailhouse Rock", „In The Ghetto", „Good Look Charm", „Blues Suede Shoes" und den ganzen Kram.

Manchmal wählte ich auch auf dem Telefon Nummern, die ich mir ausdachte und wartete, ob jemand am anderen Ende der Leitung den Hörer abnahm. Ich war jedes Mal erstaunt, dass hinter fast allen erfunden Zahlenkombinationen eine menschliche Stimme steckte.

Mitunter trottete ich auch ganze Nachmittage durch die Kaufhäuser und klaute Schokolade. Oder spielte in den Musikabteilungen auf den Keyboards den Beginn des Flohwalzers, oder den Anfang von Beethovens „Für Elise".

Am liebsten jedoch verbrachte ich meine Zeit in einem der Plattenläden. Arbeitete mich stundenlang durch Rock'n'Roll-LPs und ließ mich von der Musik entführen. Ein wenig später begriff ich, dass ich mich nicht erst entführen lassen musste, sondern selbst fliehen konnte. Ganz gleich wohin und in welche Haut ich auch immer wollte.

Oder ich lungerte in der Bibliothek herum.

Bis heute ist mir schleierhaft, woher der Impuls kam, meine Eltern brachten mich jedenfalls nicht auf die Idee. Vater las nur die Bildzeitung und meine Mutter Groschenliebesromane.

Mit sechs war ich losgezogen und ließ mir einen Bibliotheksausweis anfertigen. Von da an war ich so etwas wie ein Stammgast, lieh Bücher und Cassetten von Woche zu Woche.

Mit den Büchern war es wie mit der Musik, ich konnte ein anderer irgendwo auf dieser Welt werden und doch ich selbst bleiben. Und sogar vor fremden Galaxien machte meine Fantasie nicht halt. Wenn Scotty von Captain Kirk dies „Beam Me Up, Scotty" zu hören bekam, stand ich mit auf einem dieser runden Lichtflächen, die die Jungs auf ferne Planeten und in neue Abenteuer beamten.

Und gelegentlich holte mich meine Schwester aus meiner Fünfzigerjahrebude und nahm mich übers Wochenende mit in ihre Hochhauswohnung. Ihr Mann Eberhard trieb sich irgendwo herum, war manchmal tagelang verschollen. Meine Schwester redete nie über ihn, war immer lustig und sehr liebevoll zu mir.

Ich erkannte die blauen Flecken in ihrem Gesicht unter der viel zu dick aufgetragenen Schminke. Und wenn ein Pflaster in ihrem Gesicht klebte, dann wegen eines entzündeten Pickels, wie sie sagte.

Ihre maßlos traurigen Augen, ihren gebrochenen Blick entdeckte ich erst als Erwachsener und lange nachdem sie mit nur 33 Jahren gestorben war, an Sonntagnachmittagen beim Blättern in alten Fotoalben, im Wohnzimmer meiner Eltern.

Jedesmal bevor wir zu ihr in die Vorstadt fuhren, steuerten wir mit ihrem Opel einen Supermarkt an, deckten uns reichlich mit Chips und Cola ein und glotzen den ganzen Abend bis spät in die Nacht fern. Sie liebte Hitchcock-Filme. Ich ebenfalls. Mit ihr habe ich „Die Vögel" gesehen und „Das Fenster zum Hof". Ich liebte diesen Nervenkitzel, der mich halbe Nächte kostete, weil ich vor Schiss nicht einschlafen konnte.

Meine Schwester saß dann rauchend und summend bei mir und legte Creedence-Clearwater-Platten auf. „Have You Ever Seen the Rain" war ihr Lieblingslied. Und, weiß Gott, sie hatte den Regen gesehen, unzählige Male.

Mich spülte dieser dunkle Regen an einem Januar- oder Februarabend 1976 aus meinem kindlichen Leben in irgendein Dreckloch ihres Lebens hinein.

An einem dieser Filmabende klingelte es bei ihr.

Sie hatte abgeschlossen und den Schlüssel von innen ins Schloss gesteckt.

Er ist es, sagte sie auffahrend.

Ich wusste, wen sie meinte.

Versteck dich, sagte sie, im Schlafzimmer unterm Bett, schnell.

Die Angst in ihrer Stimme übertrug sich sofort auf mich.

Ich rannte hinüber und kroch unters Bett. Es roch nach muffigem Staub, Schweißfüßen und nach etwas, das ich bis dahin nicht kannte. Ich ahnte es, aber war mir nicht sicher.

Sie hatte die Schlafzimmertüre hinter mir geschlossen. Eine Menge Plastiktüten lagen unter dem Bett. Natürlich kramte ich darin herum und zog ein paar Dinge heraus, die mir das Herz rasen ließen.

In den Tüten befand sich ein Sammelsurium an Ketten, Fesseln, Handschellen, Lederriemen und Vaselindosen und zu meinem Schreck ein überdimensionaler Gummischwanz. Der steife Gummipenis eines Riesen. Hitze schoss mir ins Gesicht, und ich musste einen Hustenreiz unterdrücken.

Aus dem Wohnzimmer hörte ich Eberhards Stimme. Sie klang wie Vaters Stimme, wenn er besoffen und aggressiv war.

Nicht ins Schlafzimmer, hörte ich meine Schwester bitten, lass uns hier bleiben.

Seit wann machst du Vorschläge, brüllte Eberhard.

Es klatschte und meine Schwester schrie erstickt auf. Das war ein Schlag mit der Handfläche ins Gesicht, ich kannte das Geräusch. Es klingt anders als die Schläge in den Filmen, den Western mit ihren Saloonschlägereien. Die echten Schläge klingen fleischiger, schmerzvoller, brutaler.

Eberhard schlug noch einmal, wieder schrie sie.

Ich versuchte mich noch kleiner zu machen in meinem seltsamen Versteck.

Im Wohnzimmer stöhnte meine Schwester genau wie die Frauen in den Pornofilmen, die sich mein Vater regelmäßig anschaute.

Was ist, du Dreckstück, brüllte Eberhard, gefällt es dir nicht.

Das folgende Geräusch musste ein Schlag auf ihren Rücken oder Hintern gewesen sein. Ihr Stöhnen wurde lauter, erstickte ein Schluchzen.

Ich ließ den Gummipenis fallen, packte ihn mit den anderen Dingen in die Tüten zurück und verharrte leise atmend in dem Geruch unter dem Bett, der mir von Minute zu Minute unerträglicher wurde, und dachte die ganze Zeit daran, was passierte, wenn er mich hier entdecken sollte.

Ich hörte ihn kurz aufstöhnen und fast im selben Moment die Wohnungstüre zuschlagen. Einen Augenblick später rief mich meine Schwester. Ich sah, dass sie geweint hatte, und bemerkte die Rötung ihrer Wange, mehr nicht. Sie war wie immer und tat alles, damit es ein Filmabend wie jeder andere wurde.

15

Alles klar?

Der Mann hat ungefähr mein Alter, überlege ich, als er die Türe meines Taxis aufreißt und mich fragend an der Schulter berührt.

Alles klar?, fragt er noch einmal.

Ich sammle mich. Ich denke schon, sage ich und versuche zu lächeln.

Ich zieh Sie erst einmal auf meinen Hof, dann sehen wir weiter, meint er.

Okay, murmle ich und sage mir, dass ich ziemliches Schwein habe, dass dieser Bauer, warum auch immer, meine unfreiwillige Schneefahrt durch seine Wiese mitbekommen hat.

Ich beobachte, wie er ein Abschleppseil an meinem Saab anbringt, es dann an seinem Traktor befestigt und, bevor er auf ihn springt, zu mir herüber lächelt.

Er sieht nicht aus wie ein Bauer, zu jung, seine Bewegungen wirken sehr sportlich. Er trägt Dockers, Jeans und eine Daunenjacke. Das schmale Gesicht schaut extrem freundlich aus einer schwarzen Strickmütze mit einem Schriftzug hervor. Jetzt erkenne ich die beiden Worte und lese: „The Boss".

Scheint Humor zu haben, der Bursche.

Allmählich wird mir die Situation klar, in der ich mich befinde, und ich beginne mir Sorgen um mein Taxi zu machen. Sollte etwas kaputt gegangen sein, würden sowohl die Reparatur- wie auch die Ausfallkosten zu einem finanziellen Desaster führen. Ich beginne zu fluchen und lasse nichts und niemanden aus, nicht einmal mich, dass ich so bescheuert hatte sein können, bei diesem elenden Dreckswetter los zu fahren. Noch dazu diese Strecke, die bei dieser Witterung geradezu gefürchtet ist.

Du dämlicher Hund, brülle ich, als ich mich plötzlich in der Frontscheibe meines Wagens entdecke. Ich schicke noch einen letzten Fluch nach oben und drehe die Musik meines Cassettenrekorders lauter, um nicht über das alles nachdenken zu müssen. Ich will es später tun, am Tisch des Bauern, denn ich bin sicher, er wird mir eine Tasse Kaffee anbieten bei dieser Scheißkälte, die ich nun verstärkt spüre. Und mit ihr ein Zittern, das auf meinem Rücken Karussell fährt, und wie leise rieselnder Sand meine Beine hinab sickert, bis weit nach vorne in meine Zehenspitzen, die sich wie erfroren anfühlen.

Ich nehme meine Hände vor Mund und Nase und hauche hinein.

Aus den Lautsprechern dröhnt Marvin Gayes „Mercy Mercy Me", doch ich muss noch ein wenig lauter stellen, um das Motorendonnern des Traktors zu übertönen.

Der Traktor zuckelt langsam über den Schnee. Mein Saab wird hin und wieder angehoben oder zur Seite geschüttelt.

Ich hatte noch nie einen Unfall mit meinem Taxi, in all den Jahren nicht. Nicht einmal eine Schramme beim Ein- oder Ausparken habe ich mir geholt, und dabei geht es in manchen Straßen und Gassen der Altstadt ganz schön eng zu. Und jetzt so etwas.

Gib Gott, dass die Achse verschont geblieben ist, höre ich mich sagen und wundere mich zugleich, wie ich fünf Minuten nach einem Fluch, den ich gen Himmel geschickt habe, nun so etwas wie ein Bittgebet stammeln kann. Kommt mir schäbig vor.

Er zieht mich in einen Schuppen, der groß genug für seinen Traktor und mein Taxi ist.

Nochmal gut gegangen, meint er, als ich mühsam aus dem Wagen klettere und um mein Taxi herum gehe.

Der junge Bauer hält mir die Hand entgegen: Ich heiße Martin, Martin Brenner. Mir gehört der Hof hier.

Ich nicke und wundere mich über seinen weichen Händedruck, stelle mich vor und bedanke mich für die Hilfe.

Ich wäre da draußen ganz schön aufgeschmissen gewesen, sage ich.

Keine Ursache, meint er. Ich habe Tee aufgesetzt, vielleicht sollten wir eine Tasse trinken, uns ein bisschen aufwärmen und anschließend schaue ich mir mal die Achse an. Er zeigt auf meinen Saab.

Ich blicke ihn fragend an.

Hinter dem Schuppen habe ich noch eine kleine Garage mit Hebebank. War in meinem früheren Leben Automechaniker, bevor ich den Hof von meinem Vater übernommen habe, sagt er grinsend.

Im Bauernhaus spielt Musik, die lauter wird, je näher wir kommen. Er geht neben mir und ich schaue ihm ins Gesicht. Er grinst breit.

Bruce Springsteen, sagt er nur und zeigt auf seine Mütze.

Ich kenn die Platte, sage ich, „Born In The U-SA", ziemlich alt.

Ja, aber mir gefällt sie einfach, ist irgendwie meine Jugend, fügt er fast entschuldigend hinzu.

Meine auch, denke ich, aber eben deshalb würde ich sie mir heute nicht mehr anhören. Mit dem Album fuhr ich damals fast jede Nacht in meinem kleinen Polo über die Autobahn nach Stuttgart, am Fernsehturm gewendet und gleich wieder zurück. Immer diese Cassette im Autoradio. Bei „Glory Days" leierte sie schon ein wenig, und „I'm On Fire" rührte mich jedes Mal fast zu Tränen.

Tolle Platte jedenfalls, sage ich, aber ich glaube, das hat er schon nicht mehr gehört. Die Musik dröhnt wie ein Gewitter aus dem Bauernhaus heraus.

Er rennt hinein und plötzlich verstummt Springsteens Gesang mitten im Refrain von „No Surrender".

Er erscheint wieder im Türrahmen und winkt mich die paar Stufen hinauf.

Eine Bauernstube, nicht bayrisch, wie ich sie in meinen Kindheitserinnerungen archiviert habe, sondern schwäbisch, bieder, dunkles Holz, nirgendwo ein Kruzifix zum Glück.

Geschirr häuft sich auf der Anrichte, neben dem Mülleimer liegen weitere volle Mülltüten herum.

Martin gießt Tee in eine Tasse und meint, dass der obere Stock moderner wirkt, weil er ihn erst vor drei Jahren renoviert hat. Hier unten sei eh nur die Küche, Büro und Toilette.

Ich nicke und schaue mich in der Küche um.

Ich wohne zur Zeit alleine, sagt er, meine Gedanken erratend. Auf dem Hof hilft mir mein Bruder, hier drin nicht. Er grinst wieder.

Er nimmt sein Single Dasein locker. Imponiert mir.

Überhaupt wirkt er sehr symphatisch. Ich betrachte ihn etwas genauer und finde, dass er ganz passabel aussieht. Keiner, der alleine bleiben *müsste*.

Das wird schon wieder, fährt es mir plötzlich heraus.

Er schaut kurz auf, erstaunt über meine Bemerkung, lächelt dann und meint, dass er im Moment gar keine Frau gebrauchen könne.

Okay, sage ich und denke an Malaika, bemerke dabei, dass ich einige Zeit nicht mehr an sie gedacht habe. Ich könnte sie eigentlich ganz gut gebrauchen, mir ist manchmal elend zumute ohne sie. Ich brauche auch keine Frau der schmutzigen Wäsche oder des Abwaschs wegen. Ich brauche eine Frau, um geliebt zu werden. Und selbst zu lieben.

Und du, fragt Martin, bist du verheiratet?

Nein, lache ich säuerlich, aber ich bin in eine verheiratete Frau verliebt.

Gibt 'ne Menge Ärger, grinst Martin, und nach einer langen Pause fügt er noch ein „wahrscheinlich" hinzu.

Ich war auf dem Weg zu ihr, begann ich zu erzählen, als ich oben auf der Straße ins Schleudern kam bei dem Scheißwetter.

Sag ich doch, meint Martin lächelnd.

Unsere Blicke begegnen sich, und nach einem Moment der Stille lachen wir gemeinsam los.

16

Nachdem ich irgendwann die leiernde Bruce-Springsteen-Cassette nachts während einer Autobahnfahrt aus dem Fenster geworfen hatte, begegnete ich Springsteen erst einige Jahre später wieder in Detroit.

In meinem Apartment hing ein altes Schwarzweißposter von ihm, direkt über dem Sofa.

Es zeigte ihn als jungen Burschen, lächelnd, das Gesicht voller Bartstoppeln, eine dunkle Strickmütze auf dem Kopf und einen schwarzen Schal umgebunden, die Hände in den Taschen einer engen Lederjacke vergraben.

Du hast verdammtes Glück, meinte Liv, die ihre Musik leise gestellt hatte und im Türrahmen aufgetaucht war. Das Schlitzauge, das hier wohnte, saß bis in die Nacht in seiner Computerfirma und scheffelte Kohle, die er schön brav jeden Monat nach Hause überwiesen hat. Ein Familienmensch, mein Gott, was für ein Blödmann. Hing nur hier rum und glotzte fern. Der rauchte nicht mal. Wollte mal 'nen Joint von ihm haben … , Liv kicherte und tippte sich an die Stirn, … der wusste nicht mal, was ich meinte.

Ich starrte auf die Ansätze ihrer Brüste, die aus einem knappen schwarzen Büstenhalter lugten. Ich überlegte, ob ihr kariertes Herrenhemd vor einigen Minuten auch schon so weit geöffnet war.

Aber stand auf gute Musik, sagte ich zu ihr und zeigte auf Bruce Springsteen in Lebensgröße.

Ach, Scheiße, sagte Liv mit herabgezogenem Mundwinkel, Springsteen, der Boss, ist doch alles nur sozialer Herzschmerzrock, auch ein Geldsack, der Wasser predigt und Wein säuft.

Ich wollte ihr entgegnen, dass Springsteen einen Haufen sozialer Projekte unterstützte, aber sie winkte ab und machte kehrt. Kurz bevor die Türe zuflog, hörte ich noch ihr „Vergiss es".

Sie gefiel mir trotzdem, Liv.

Meine Bude war ganz okay, ein Sofa, ein Fernseher, kein Tisch, in einer Ecke das Bett, verschnörkelte Füße, die winzige Küchenzeile versteckt in einer anderen Ecke des Zimmers.

Die Türen der Küchenschränke waren allesamt locker und hingen schief in den Scharnieren. Es roch nach exotischen Gewürzen.

Ich kann dir erst mal ein wenig Bettwäsche geben, bis du welche gekauft hast, meinte Liv, plötzlich wieder hinter mir stehend, während sie einen Kaugummi im Mund hin und her schob und mir Bettwäsche auf das Sofa legte.

Jetzt trug sie gar keinen BH mehr. Ihre Brüste waren unter dem weit aufgeknöpften Hemd deutlich zu erkennen. Kleine spitze Dinger, weniger als eine Handvoll. Aber natürlich wurde ich scharf auf sie. Die will dich, sagte ich mir und starrte ihre spitzen Möpse an.

Was glotzt du so, fuhr sie mich an, hol dir meinetwegen einen runter, wenn ich weg bin, aber glotz mich bloß nicht mehr so an, kapiert?

Ich entschuldigte mich, räumte meine wenigen Habseligkeiten in die Schränke und hoffte, dass Liv sich verziehen würde.

Stattdessen warf sie sich aufs Sofa, entblößte fast eine ihrer Titten und baute sich in aller Ruhe einen Joint.

Willst du auch?, fragte sie.

Ich schüttelte den Kopf.

Was denn, Schiss?

Ich bin nicht zum Grasrauchen nach Detroit gekommen.

So, weshalb denn?, fragte sie angriffslustig.

„Wegen des Soul" konnte ich ihr auf jeden Fall nicht zur Antwort geben. Der Taxifahrer hatte sich ja schon in gewisser Weise darüber lustig gemacht. Liv würde mich bestimmt jeden Tag damit aufziehen, wenn sie es wüsste.

Weshalb kommt ein Deutscher nach Detroit, das würde mich wirklich interessieren, höhnte sie.

Ich ... ich musste einfach mal raus, sagte ich, von ihr abgewandt.

Raus, das müsste ich auch mal, aber nach Detroit würde ich ganz bestimmt nicht gehen, so bescheuert wäre ich nicht.

Sie nahm einen ungeheuren Zug von ihrem Joint, behielt den Rauch im Mund und blies ihn erst nach einer Ewigkeit wieder aus.

So bescheuert kannst glaube ich nur du sein, grinste sie und hielt mir den Joint entgegen.

Nun mach schon, du Weichei, sagte sie mit

verächtlichem Blick.

Ich überlegte, ob diese Verachtung gespielt oder echt war, während sie mit einer geschickten, kaum wahrnehmbaren Bewegung einen Flügel ihres Hemdes zur Seite schob, um den Blick frei zu geben auf ihre linke Brust.

Eine Schlampe, dachte ich wütend, die will mich verarschen. Die will gar nichts von mir. Aber ich hing schon am Haken.

Willst du?, fragte sie lasziv.

In meinem Kopf rauschte es.

Greif zu, forderte sie mich auf, und ich wusste nicht mehr, was genau sie meinte. War es ein Angebot? Sollte ich rauchen? Sie anfassen, sie nehmen?

Ich wollte zupacken, ihr Hemd öffnen, ihre Brüste anfassen, die Warzen küssen. Ich schwitzte. Schluckte. Zögerte zu lange.

Vergiss es, zischte sie, mit dem Joint im Mundwinkel, sprang vom Sofa und verließ mein Apartment ohne die Tür zu schließen.

Ich schloss dann die Tür, atmete tief durch, starrte auf das Springsteen-Poster und suchte die Wohnung nach einem Cassettenrekorder oder Plattenspieler ab, aber mein Vorgänger hatte mir nichts dergleichen hinterlassen.

Mein Apartment lag leider nicht zur Woodward, sondern nach hinten raus. Zwei, drei Querstraßen in meinem Blick; eingezäuntes Bauland, das wohl schon viele Jahre brach lag; eine Handvoll verlassener Häuser und umgefallener runder Müllcontainer, aus denen Müll auf die Gehwege quoll; halb zerfallene Straßenschilder ragten schräg über die Straßen. Unmittelbar dahinter begann sich eine Szenerie aus immer gleichen Wohnblocks auszubreiten, eine rote Backsteinwüste bis an den Horizont. Eine hoch stehende Sonne färbte die Steinwüste golden.

Ich dachte an die Worte des Taxifahrers: Motown is Notown, nahm meine Gitarre aus dem Gitarrenkoffer, setzte mich aufs Bett und spielte ein paar Akkorde aus irgendwelchen Soulsongs.

Im Apartment nebenan blieb es ruhig. Man hörte überhaupt nichts mehr. Ich wünschte mir, dass Liv zurück kommen würde. Oder hatte ich nur Verlangen nach ihren Brüsten?

Ein Mädchen wie sie war mir bisher nie begegnet. Sie war irgendwie schräg und ausgeflippt. Verdorben.

Ich bekam Angst. Angst vor Detroit, der Größe dieser Stadt, meinem bevorstehenden Job im Kino, Downtown, inmitten dieser Wolkenkratzer und all den fremden Menschen. Auch die Woodward Avenue machte mir Angst. Ja sogar Liv.

Ich lehnte die Gitarre an die Wand, setzte den Kopfhörer auf und startete meinen Walkman. Es war noch immer die Cassette drin, die ich im Flugzeug gehört hatte. Stevie Wonders „Music of My Mind" auf der A-Seite, „Talking Book" auf der B-Seite. Mit beiden Alben hatte Stevie Meilensteine der Soulmusik geschaffen.

Stevies Stimme war wie immer ein Lichtstrahl für mich, und nach einer Weile war ich wieder der Alte, fühlte mich ganz wohl in meiner Haut, stand vom Bett auf, ging mit dem Walkman in der Hand im Zimmer auf und ab und tanzte hin und wieder sogar ein bisschen. Ein gutes Zeichen.

Ich fragte mich, weshalb der Asiate das Springsteen-Poster nicht mitgenommen hatte. Vielleicht war es gar nicht seines, oder er hatte es schlicht vergessen. Oder Springsteen hatte ihm irgendwann einfach nicht mehr gefallen. Ich beschloss, mir ein paar Springsteen-Tapes zu kaufen, sobald ich einen Plattenladen entdeckte.

Ich öffnete das Fenster, und obwohl ich die Woodward Avenue nicht sah, konnte ich sie doch sehr gut hören. Bei „Superstition" tippte ich die Lautstärke bis zum Anschlag. Keinen Stevie-Song liebte ich mehr. Für die funkigen Riffs des Keyboards hatten sie ihn zum Soul-König gekrönt.

Ein paar schwarze Jungs spielten auf einem umzäunten Asphaltfeld Basketball. Am verbauten Horizont schimmerte heller Dunst über den endlosen Reihen der Backsteinklötze.

Ich hätte gerne mit den Jungs dort unten gespielt und fragte mich, ob sie mich mitspielen ließen, wenn ich sie darum bat, auch wenn ich schon ein paar Jahre älter war als sie.

Beim nächsten Mal würde ich sie fragen, dachte ich, als es an meiner Türe klopfte.

Ich stoppte die Cassette und lauschte. Es klopfte erneut, lauter als zuvor. Sollte ich überhaupt öffnen? Ich könnte genau so gut nicht da sein, oder schlafen, oder einfach keine Lust haben.

Wieder klopfte es.

Das Klopfen hörte sich ungeduldig an, als ob jemand wusste, dass ich zuhause war.

Ich öffnete. Vor der Türe stand das kleine Mädchen aus dem Hausflur. Ich schaute sie fragend an.

Erinnerst du dich nicht mehr?, fragte sie, ich bin Layla.

Ich weiß, sagte ich, was willst du?

Jetzt hielt sie mir einen Schokoladenkuchen unter die Nase.

Von meiner Mutter, sagte sie, ich habe ihr erzählt, dass ich dich getroffen habe und dass du einen riesigen Stevie-Wonder-Aufkleber auf deinem Gitarrenkoffer hast. Sie hat gelächelt und lässt dir mit dem Kuchen viele Grüße ausrichten. Sie liebt Stevie Wonder. Sie sagt, wer mit einem solchen Gitarrenkoffer durch die Gegend läuft, muss freundlich begrüßt werden.

Ich nahm den Kuchen entgegen und ließ Laylas Mutter meinen besten Dank ausrichten.

Der Chinese hat nie mit mir geredet, sagte sie, du bist nett.

Sie lächelte und rannte davon.

17
Mein Hund Strolchi war erst sieben Jahre alt, als wir bemerkten, dass er nach und nach sein Fell am Bauch verlor.

Es hatte einige Wochen nach seinem Tierheimaufenthalt begonnen. Wo das Fell ausgefallen war, veränderte sich die Haut, sah wie die eines Elefanten aus. Sie roch außerdem schlecht und musste ihn stark jucken, weil der Hund nichts anderes mehr tat, als sich mit den Hinterpfoten zu kratzen und die wund gewordene Haut zu lecken. Er verlor seine Lebendigkeit, musste zum Gassi gehen gezwungen werden und schlief sehr viel.

Mutter rannte andauernd mit ihm zum Tierarzt, kam mit irgendwelchen Tinkturen heim, die noch fürchterlicher rochen als Strolchis verschrumpelte lederne Haut, und rieb ihn drei Mal am Tag damit ein. Es schien zu brennen, denn er winselte jedes Mal. Ich musste ihn immer festhalten, bis die Tortur vorüber war.

In diesem Winter lag er nur vor dem Gasofen im Wohnzimmer und schlief und schlief. Auch am Faschingsabend 1976.

Meine Eltern waren zum Fasching aufgebrochen. Mutter als Zigeunerin. Ihr ewiges Kostüm. Ein rotes Kopftuch über ihren kurzen schwarzen Haaren, große, goldene Ohrklipse und ihre goldene Paillettenbluse zum pechschwarzen Rock. Vater war wie immer Mafioso mit aufgemaltem Kinnbärtchen.

Meine Schwester und ich lungerten auf dem Wohnzimmersofa und glotzten eine Karnevalssendung. Auf dem Tisch Cola, Chips, meine Lieblingsschokolade.

Alles war grandios, bis es klingelte.

Mein Schwager tauchte auf, angetrunken. Er setzte sich zu uns, goss sich ein Bier ein und starrte schweigend in den Fernseher.

Schöne Scheiße, was ihr da ankuckt, meinte er nach einer Weile. Komm mit, sagte er zu meiner Schwester und nahm ihre Hand.

Sie zog ihre Hand zurück und meinte, das ginge jetzt nicht, und schaute auf mich.

Eberhard sank schweigend zurück. Ich traute mich nicht ihn anzublicken. Er machte mir Angst, wenn er wütend war.

Dann sprang er auf und schimpfte auf und ab gehend wieder auf das Fernsehprogramm. Er ging zum Fernseher und schaltete auf ein anderes Programm. Viel Auswahl gab es nicht, überall kamen Karnevalssendungen. Er fluchte auf die Programmmacher. Seine Stimme wurde lauter. Ich schaute meine Schwester an. Sie bemerkte meine Angst, versuchte ihn zu beruhigen, sprach beschwichtigend auf ihn ein.

Er setzte sich neben sie, rückte nah an sie heran und flüsterte ihr etwas zu.

Sie sagte noch einmal, jedoch leiser, dass es jetzt nicht ginge, er solle bis nachher warten, bis ich ins Bett ginge.

Er sprang wieder auf, fluchte auf meine Eltern, diesen beschissenen, völlig verkorksten Fasching, meinte, dass er gleich losziehen werde, um sich irgendwo eine Tusse aufzureißen.

Mach doch, brüllte meine Schwester, wenn du nicht mal zwei Stunden warten kannst!

Du schickst mich weg, rief er, erhob die Hand wie zum Schlag und kam drohend auf sie zu.

Ich duckte mich.

Willst du mich jetzt schon vor meinem kleinen Bruder schlagen, einem Kind, drohte sie.

Er drehte jetzt fast durch, schrie: Du … du … holte tief Luft, und schrie noch einmal „du", dann verstummte er, entdeckte Strolchi vor dem Ofen, der von dem Geschrei aufgewacht war und mit gespitzten Ohren in die Runde schaute.

Eberhard machte einen Schritt zum Ofen, nahm Strolchi vom Boden auf und stellte ihn auf die heiße Ofenplatte. Strolchi fiepte auf und sprang mit einem enormen Sprung vom Ofen und verkroch sich unter dem Sofa hinter den Beinen meiner Schwester, wo er winselnd und jammernd seine Pfoten leckte.

Bist du verrückt geworden?, schrie meine Schwester und stürzte sich auf Eberhard, der ihr einen Schubs gab, so dass sie zurück aufs Sofa plumpste.

Meine Schwester kniete sich neben Strolchi, streichelte ihn, redete tröstend auf ihn ein, ich weinte bitterlich und streichelte ihn ebenfalls.

Sein Winseln ging durch Mark und Bein.

Leckt mich doch alle am Arsch, ihr blöden Säue, zischte Eberhard und ging mit schweren Schritten aus dem Wohnzimmer. Wir hörten die Wohnungstüre zuschlagen.

Endlich ist das Arschloch weg, sagte meine Schwester, ohne mich anzublicken.

Wir müssen mit Strolchi zum Tierarzt, sagte ich.

Brüderchen, es ist Faschingsabend, meinte meine Schwester, da musst du sogar als Mensch Glück haben, einen Arzt zu finden, der dich zusammenflickt, wenn dich irgend so ein Arschloch halb tot schlägt.

Ich wusste nicht, wovon sie da gerade redete, konnte mich aber auch nicht darauf einlassen. Meine ganze Konzentration galt unserem Hund und meinem Hass auf Eberhard. Ich schwor mir, dass ich ihm dies alles heimzahlen würde, später einmal.

Strolchi kroch mit eingezogenem Schwanz auf seinen Platz vor dem Ofen zurück und schlief leise winselnd ein. Ich hätte mich am liebsten neben ihn gelegt. Der Schreck, die Angst und das Weinen hatten mich müde gemacht.

Meine Schwester schickte mich zu Bett, aber ich wälzte mich eine Ewigkeit von einer Seite auf die andere, bis sie mich wieder aus dem Bett holte und mir eine Schlafstätte auf dem Sofa zurecht machte.

Ich beobachtete, wie sie ihren Cognac trank und ihre Zigaretten rauchte. Sie hatte den Fernseher ausgeschaltet und las in einem Asterix-Comic. Sie liebte diese Comics und hatte mich mit ihrer Begeisterung angesteckt. Neuerdings lasen wir sie um die Wette. Es gab immer etwas wahnsinnig Witziges zu entdecken, ein kleines Detail in den Zeichnungen, einen superblöden Gesichtsausdruck, ein großartiges Wortspiel oder einen intelligenten Witz.

Später, nach ihrem Tod, lagen ihre Asterix-Comics in meiner Bude, die ganze Sammlung, in der keine Ausgabe fehlte. Ein paar Jahre später verkaufte ich die ganze Sammlung, um mir eine antiquarische Gesamtausgabe eines irischen Dichters zu kaufen. Und noch ein paar Jahre später las ich auch den irischen Dichter nicht mehr und bereute zutiefst, kein einziges Asterix-Comic mehr zu besitzen.

Ich hörte sie noch wie aus weiter Ferne hin und wieder auflachen oder losprusten, war aber zu müde, um nachzufragen.

Meine Schwester linste zu mir herüber: Nacht, Brüderchen, morgen sieht die Welt schon wieder ganz anders aus, sagte sie und zog mit ihren hellroten, stark geschminkten Lippen an ihrer Zigarette.

Sie war die coolste Schwester weit und breit, so viel war klar. Diese Erkenntnis hinterließ ein gutes Gefühl in meinem Bauch. Strolchi winselte nicht mehr, so konnte ich getrost einschlafen. Wie immer legte sie eine Creedence-Clearwater-LP auf, machte sich die Mühe und stand ein paar Mal mit der Zigarette im Mundwinkel auf, um weiß Gott wie oft „Bad Moon Rising" zu hören. Mit diesem Song im Ohr schlief ich fast immer ein, wenn wir zusammen waren, und mit Sicherheit auch an diesem Abend.

Im Aschenbecher häuften sich, wie immer, wenn sie da war, jede Menge zerdrückter Filter gerauchter Zigaretten, auf ihnen die hellroten Abdrücke ihrer Lippen.

Ich freute mich dennoch über diesen Abend, vor allem, seit das Arschloch wieder gegangen war, denn wenn sie bei mir war, ging kein schlechter Mond über meinem Schlaf auf.

18
Martin muss tatsächlich in seinem früheren Leben etwas anderes als Landwirt gewesen sein. Ich glaube ihm die Geschichte vom Automechaniker sofort.

Er geht unter dem Auto mit seiner Leuchte umher, klopft hier und da mit einem enormen Schraubenschlüssel gegen Metall und befindet meinen Saab 900 für noch ganz gut in Schuss.

Die Achse hat bei der Rumpelfahrt über den vereisten Acker nichts abbekommen, meint er. Schließlich schütteln wir uns die Hände und umarmen uns.

Während er mich an sich drückt, rieche ich eine Mischung aus Heu und Motorenöl an ihm. Ich könnte ihn mir sehr gut als Freund vorstellen.

Du kannst fahren, sagt er grinsend, aber halt dich heute Nacht lieber von Landstraßen fern.

Ich nicke und fahre hupend von seinem Hof.

Wenige Minuten später nehme ich die Abbiegung Richtung Stadt und setze also meine Fahrt zu Malaika nicht fort.

Auf meinem Handy ist noch immer kein Lebenszeichen von ihr. Ich will nicht wieder wie ein Mahnmal vor ihrer Haustüre stehen und in dunkle Fenster starren, weil sie vermutlich gerade mit Ehemann und Schwiegereltern Bescherung feiert.

Obwohl ich mir nicht vorstellen kann, dass sie auch nur die geringste Freude daran hat.

Wahrscheinlich bin ich viel besser dran als sie,

alleine in meinem Taxi durch die Gegend kreuzend, denke ich, keine weihnachtlichen Smalltalks führen zu müssen, keine gespielte Freude über immer gleiche Geschenke, am dreiundzwanzigsten abends noch schnell irgendwo besorgt, mit viel Schnürchen und Schleifen verpackt, damit die ausschweifende Verpackung über den hastig ausgesuchten Inhalt hinwegtäuscht. Keine fetten Gänse in Soßen mit Fettaugen, oder gibt es nur Saitenwürstchen mit Kartoffelsalat, weil man vielleicht zu diesem frommen Fest nicht unbedingt Völlerei betreiben möchte?

Kein Weihnachtsfernsehen mit Schwiegereltern, Weihnachtsliedern von Knabenchören gesungen, während man auf den geschmückten, erleuchteten Christbaum starrt.

Kein Kämpfen gegen innere Gefühlswelten und Tränen, kein Schauspielern und Verbergen von Wahrheiten, keine Show abliefern müssen vor lauter Angst, zu dem neuen Leben in einem selbst, zu der neuen Liebe, zu mir, gerade heute stehen zu müssen.

Ich kenne das, und irgendwie tut sie mir auch ein bisschen leid, wenn auch nur die Hälfte meines düsteren Gedankengemäldes zutrifft.

Ich fahre nicht auf dem schnellsten Weg in die Innenstadt, sondern nehme wieder einmal die Nord-West-Umgehung. Doch zuerst quer durch das Industriegebiet. Menschenverlassen und verwaist stehen die Fabriken und großen Einkaufshäuser herum. Riesenparkplätze ohne auch nur ein einziges Fahrzeug. Als hätte eine Seuche alles Leben vernichtet. Selbst Straßenlaternen und Kaufhausbeleuchtungen brennen spärlicher. Und doch fühle ich mich nicht einsam, im Gegenteil. Es tut mir gut, der einzige Mensch in dieser verlassenen Einöde zu sein, behütet in den Polstern meines Saabs.

Aus den Lautsprechern singt Smokey Robinson „The Tracks of My Tears", aber ich weiß, dass ich heute Abend keine Tränen vergießen werde. Nicht an Heilig Abend. Nicht wegen Malaika. Nicht meiner toten Schwester wegen, oder wegen Vater, der heute Abend sicherlich auch wieder besoffen gewesen wäre. Auch nicht wegen Mutter, die sich letzten Sommer einen dreißig Jahre jüngeren Mann geangelt hat und jetzt wohl mit ihm neben dem Christbaum sitzt, ihm irgendeine Schlemmerei serviert, allen ärztlichen Warnungen bezüglich seiner Fettleibigkeit und Herzmuskelerkrankung zum Trotz.

Nein, heute Abend werde ich keine Tränen vergießen, dafür bin ich viel zu wütend.

Und nebenbei jedoch auch sehr froh, über die kleinen Zuckungen von Freiheit in meiner Seele.

Ich spüre wie ein paar Akkorde, eine Melodie wieder den grauen Vorhang zur Seite schieben, die Musik den Horizont öffnet und dort etwas leuchtet, das wie ein leises Versprechen aussieht.

Auf den Straßen liegt nur eine hauchdünne

Schneedecke, sodass ich viel zu schnell fahre. Die zehn Kilometer zwischen Martins Bauernhof und der Stadt, vor allem aber der Höhenunterschied zwischen dem Hof am Albrand und hier, machen sich zum Glück deutlich bemerkbar. Hier ist kaum Schnee gefallen.

Auch die Nord-West-Umgehung ist nur in eine sanfte Schneedecke gehüllt. Keine Reifenspuren zu sehen. Ich bin wohl seit geraumer Zeit der Erste, der sie befährt. Die Stadt schimmert vom Horizont her. Ich rase ihr entgegen.

Ein wenig später nehme ich den Fuß vom Gas und lenke mein Taxi zwischen den Hochhäusern der Nordstadt hindurch, singe Jimmy Ruffins „What Becomes of The Broken Hearted" lauthals mit und frage mich mit ihm, was wohl aus den gebrochenen Herzen wird. Sie sollen geheilt werden, steht doch wohl irgendwo geschrieben, denke ich.

Hier, in der Nordstadt, trifft es mich wie ein Erdbeben. Hier, zwischen den Hochhäusern, unter all diesen hell erleuchteten Fenstern, all dieser Wärme, diesen Lichtern und Lichterketten. Hier kann ich nicht mehr meine dunklen Heiligabendbilder herauf beschwören, damit sie mir über den Schmerz hinweg helfen. Es ist, als hörte ich Menschen miteinander reden und lachen, als hörte ich Musik.

Vielleicht legt jemand eine Mahalia-Jackson-LP auf und alle, die um den großen Tisch versammelt sind, summen mit tränenfeuchten Augen mit, während Mahalia, wie keine andere es kann, „The Holy Night" singt.

Im Schnee spiegeln sich die Lichterketten an den Balkonen, und vom klaren Nachthimmel glänzt wie in einem Wetteifern um Schönheit ein Meer aus Sternen.

Jetzt muss ich doch gegen Tränen kämpfen. Meine Wut ist verflogen, ich denke an Malaika, wünschte, sie säße jetzt neben mir.

„I'm Still Waiting" singt Diana Ross in diesem Moment. Ich drehe am Lautstärkeregler, will Dianas Stimme lauter hören, lauter fühlen. Es ist ihre Stimme, dieser Song, der mich in mein Herz zurückholt, wieder Liebe fühlen lässt. Mich an das Warten erinnert. Warten, wenn es sich lohnt. Ich treffe eine Entscheidung. Ich will auf Malaika warten, so lange es eben geht, und vielleicht noch darüber hinaus, und spüre mit dieser Gewissheit die Wärme der Tränen auf meinen Wangen.

Ist es die Kraft der Musik? Dianas Stimme? Ihr Leid und ihre Kraft, die mich trösten und ermutigen?

Was ist nicht alles schief gegangen in meinem Leben. Wie viele Scherben habe ich an wie vielen Orten hinterlassen. Ziehe ich jetzt aus der Tiefe Resümee, werde ich wohl an den nächsten Pfeiler rasen vor lauter Scham und Schande. Also lasse ich es lieber bleiben.

Am letzten Hochhaus, an der Kreuzung zur Innenstadt, wo ich links abbiegen muss, hängt an dem kleinen, holzbedachten evangelischen Gemeindehaus ein riesiges Banner mit einem Schriftzug. „Einer Wird Dir Vergeben" steht in schwarzen Lettern darauf.

Mir auch?, frage ich mich und lese noch einmal den Schriftzug, bevor ich den Gang einlege und Richtung Innenstadt fahre.

Es hat wahrscheinlich keinen Zweck, zu dieser Stunde, an Heilig Abend, mit dem Taxi an den Bahnhof zu fahren, überlege ich. Wer wird jetzt noch unterwegs sein?

Vielleicht jemand wie ich, sage ich mir. Oder jemand, der in letzter Sekunde noch unbedingt zuhause eintreffen oder an einem anderen Ort ankommen muss. Jemand, den es ruhelos umher treibt, gerade in diesen Stunden, wo die Einsamkeit weder zu ertränken noch zu bezwingen ist.

19

Hungrig blickte ich auf die Brachen von Detroit, die sich vor meinem schmutzigen Fenster unter dem versmogten Mittagshimmel ausbreiteten.

Weshalb war ich hierher gekommen?, fragte ich mich, nach Amerika, nach Detroit?

Gab es hier noch irgendwo auch nur den kleinsten Rest der amerikanischen 68er Bewegung? Ewig schon spukten mir die Szenen aus den Dokumentarfilmen im Kopf herum. Amerika, die Welt im Umbruch, vorne dran Martin Luther King. Eine Welt, die gerechter wird, auch politisch, eine Welt, die eine bessere wurde für jedermann, darum ging es doch. Und es ging um Freiheit für jeden einzelnen. Dort und anderswo. Stevie Wonders Engagement in dieser Friedens- und Freiheitsbewegung blieb unter den Soulmusikern ohne Beispiel. Auch nachdem sie King abgeknallt hatten. Aber was sollte von dieser Bewegung, diesem Geist heute noch übrig sein?

Mein Bauchgefühl verließ mich, ich zweifelte plötzlich an diesem Abenteuer. Reichlich früh, flüsterte mir eine hämische Stimme im Innern zu.

Im Ernst, was wollte ich hier? Stevie Wonder treffen? Sollte mir der Spirit des alten Soul aus den löchrigen Straßen und Gehwegen entgegen strömen? Ganz bestimmt würden diese öden und verlassenen Fabrikgebäude kein Echo der alten Soul-Tage für mich bereithalten. Wie war ich nur auf diese Idee gekommen?

Scheiß drauf, sagte ich laut. Jetzt, wo ich schon einmal hier war, wollte ich das Beste daraus machen.

Fürs Erste war mir ein voller Magen genug.

Wollte sehen, wo ich einen Laden ausfindig machen, erstmal die nötigsten Dinge besorgen konnte. Kaffee, reichlich Cola, Brot, Schinken und Schokolade.

Ein paar Springsteen-Tapes würde ich in diesem gottverlassenen Vorort sicherlich nirgendwo bekommen.

Klamotten wollte ich in den nächsten Tagen besorgen, Downtown. Bei der Gelegenheit konnte ich ein wenig Detroit kennen lernen, vielleicht mit der Hochbahn, dem People Mover, durch die Gegend kreuzen. Auf jeden Fall nicht mit dem Taxi.

Ich wollte unbedingt ins Renaissance Center, zum Fisher Building und dem Institute of Arts, zur verfallenen Michigan Central Station, und natürlich an den Fluss. Und zuletzt meinen Arbeitsplatz, das Kino aufsuchen.

Eine Woche blieb mir bis zum Arbeitsbeginn. Das sollte reichen.

Bevor ich ging, überzog ich Kissen, Bettdecke und Matratze und breitete die Bettdecke über das ganze Bett und das Kopfkissen aus.

Ich schloss zwei Mal ab und wollte eilig an Livs Apartment vorbei gehen, als sie mich durch ihre geöffnete Türe zu sich herein rief.

Sie lag auf ihrem Bett und rauchte eine Marihuana-Zigarette.

Nun komm schon rein, du Schisser, ich tu dir nichts, lachte sie.

Ich kannte die Stimme, die aus den Lautsprechern näselte und quakte. Auch den Gitarrensound hatte ich schon einmal gehört. Ich starrte zum Plattenspieler und suchte nach einem Schallplattencover.

Neil Young, sagte Liv, und seine Band „Crazy Horse". Die geilsten Typen auf der Erde und im All.

Ich finde, er kann nicht singen, grinste ich.

Du hast keine Ahnung, zischte sie.

Über ihrem Bett prangte das berühmteste Poster der Welt, Che Guevara mit Mütze und Rebellenblick.

Du stehst auf ihn?, Liv zeigte auf das Poster über ihr.

Ihn? Nein, er war ein Mörder, nichts weiter, der Typ war irre, sagte ich.

Für die meisten ist er aber ein Held, meinte sie.

Dummköpfe, sagte ich.

Scheinst ihn zu kennen, was?, meinte sie und klang verärgert.

Nicht besser als du, antwortete ich und fühlte, dass ich ihr gegenüber wieder etwas an Boden gewonnen hatte.

Wusste gar nicht, dass du auch ein kleiner Rebell bist.

Wie kommst du darauf?

Vergiss es, sagte sie lächelnd, ich habe mir gerade einen Joint gebaut, hast du Lust ein bisschen mitzurauchen?

Nein, danke, ich wollte nach einem Laden suchen, um ein paar Sachen einzukaufen.

Kannst was von mir haben, sagte sie und zeigte auf die Küchenzeile, nimm einfach was mit, wenn du nachher gehst. Bei deinem nächsten Einkauf bringst du es mir wieder. Und jetzt nimm 'nen Zug. Sie hielt mir den Joint entgegen.

Ich überlegte. Was hatte ich schon zu verlieren, meinen Job begann ich erst nächste Woche, meine Bude war gleich nebenan, außerdem konnte ich so zu Liv ins Bett liegen und wer weiß vielleicht sogar ein wenig an ihren Brüsten fummeln, wenn sie stoned genug war. Oder ich. Vielleicht würde sogar noch ein bisschen mehr zwischen uns laufen. Alles war möglich. Nach einem Joint sowieso.

Ich nahm einen kräftigen Zug an dem Ding und saugte den Rauch tief in meine Lungen.

Hab schon eine Ewigkeit nicht mehr geraucht, meinte ich hustend.

Sieht gar nicht so aus, meinte Liv und kicherte. Gib mal her und rauch mir nicht alles weg, scherzte sie und griff mit der einen Hand nach dem Joint, mit der anderen nach mir und zog mich zu sich aufs Bett.

Ich fiel in einen Berg aus weichen Kissen und spürte schlagartig die Wirkung des Marihuanas. Geil, dachte ich, genau wie damals, als ich jeden Sonntagmittag im Clubhaus einer Motorradgang

Gras rauchte, auf meiner Gitarre „Wild Horses" von den Rolling Stones spielte und am liebsten einige der Motorradbräute angebaggert hätte.

Sag mal, wann hast du zuletzt geraucht?, meinte sie und starrte den Rauchwölkchen nach, die sie langsam und gleichmäßig ausblies.

Muss hundert Jahre her sein, lachte ich, noch immer hustend, hab einiges geraucht und ganze Sonntage lang Rolling-Stones-Songs gespielt.

Oh mein Gott, diese Penner, fiel Liv mir ins Wort.

Magst du überhaupt jemanden außer Neil Young?

Klar, Nirvana, die Stooges, Hüsker Dü.

Kenn ich nicht.

Sie grinste: Ich sagte doch, du hast keine Ahnung, hier nimm. Sie reichte mir die Zigarette, und wieder strich sie mir über den Handrücken, noch zärtlicher als zuvor.

Hast du wirklich Stones-Songs gespielt?, fragte sie ernst.

Klar.

Diese alten verlogenen Penner?

Wieso verlogen?

Findest du die etwa nicht verlogen?

Ich zuckte die Schulter. Ich kenne nur die Songs, sagte ich vielleicht etwas zu naiv, und die klingen für mich ziemlich rebellisch.

Rebellisch? Sie lachte höhnisch.

Ich wunderte mich, dass sie sich so aufregte.

Glaubst du im Ernst, dass die das leben, was sie singen? Die wärmen doch bloß noch den alten Scheiß von damals auf, aber sind in Wahrheit die abgewichstesten Business-Men der ganzen Branche! Überall haben sie ihre Finger drin, halten die Hände auf, wo's ein bisschen Geld regnet, und die Fans sind keinen Furz besser! Alt und fett geworden hängen sie in den Stadien ihren verlorenen Träumen nach und wollen wieder jung sein, jung und rebellisch und auf dem Weg zum Glück! Scheiße Mann, das ist die größte Selbstverarschung, die ich kenne!

Ich schwieg. Sie hatte mich eingeschüchtert. Außerdem war das wohl eher eine persönliche Angelegenheit für Liv und keine musikalische.

Siehst du das etwa anders?

Keine Ahnung, Liv, entgegnete ich, ich würde sagen ...

Na siehst du, jetzt hast du selbst erkannt, dass du keine Ahnung hast, kicherte sie.

Bist du high?, fragte ich und lachte mich halbtot.

Liv grinste und schmiegte sich an mich. Unsere Schultern berührten sich und jedes Mal, wenn wir uns den Joint reichten, berührten sich unsere Hände. Ich glaube, wir wollten das so.

Ich erschrak einen Moment über die Vertrautheit zwischen uns. Musste wohl am Joint liegen, dachte ich.

Liv war unendlich geschickt und unendlich zärtlich, wenn sie mir den Joint aus den Fingern nahm. Jedes Mal strich sie mir dabei mit ihrem Zeigefinger sanft am Handrücken entlang, bevor sie den Marihuanastängel an ihren Mund führte, langsam die Lippen öffnete, ihn zwischen sie klemmte und daran saugte.

Ich sah ihr zu und wurde scharf auf sie. Ich glaube, sie wusste es.

Sie zog mir die Schuhe aus und öffnete den Gürtel an meiner Hose.

He, wer hat dir das erlaubt?, fragte ich, aber meine Stimme war nicht ganz sicher.

Du natürlich, wer sonst?

Sie will es tatsächlich, sagte ich mir, ein bisschen Gras rauchen und dann mit dem Neuen von nebenan bumsen. Ich überlegte, ob sie die gleiche Tour auch mit dem Chinesen oder Japaner abgezogen hatte, und wartete gespannt, ob sie mir ihre Hand in die Hose schob.

Plötzlich sprang sie auf, starrte eine Ewigkeit auf den Wecker, der neben dem Bett auf dem Boden stand und brüllte herum, dass sie zur Arbeit müsse, fluchte, schimpfte und suchte überall nach ihren Schlüsseln, die sie, mitten in einem hysterischen Anfall, zum Glück im Spülbecken fand.

Häng ein bisschen ab, du Schisser, rief sie zu mir herüber, wieder über alle Backen grinsend, und zieh die Türe richtig zu, wenn du gehst. Dann knallte die Türe ins Schloss.

Und Finger weg von meinen Schallplatten!, rief

sie mir durch die geschlossene Türe zu.

    Vielleicht würde ich ja nicht den Soul finden, oder was davon noch übrig war, dachte ich mir, vielleicht aber einen Weg zu Livs Seele.

20

Der Frühling 1976 veränderte mein Leben nachhaltig.

Ich war zwar noch ein kleiner Junge, doch der Tod, den ich zum ersten Mal in meinem Leben hautnah zu spüren bekam, traf mich mit solcher Wucht, dass er meine ganze Kindheit überschatten sollte.

Strolchi starb in diesem Frühjahr.

Meine Eltern erkannten unglücklicherweise nicht, dass der Tod meines Hundes eine Wunde in meine Kinderseele geschlagen hatte.

Strolchi hatte die letzten Monate vor dem Gasofen fast so etwas wie Winterschlaf gehalten. Und als der Frühling kam, hofften wir, dass seine Lebensgeister mit der Frühlingssonne zurückkommen würden. Aber er blieb lethargisch, müde, und war durch nichts vom Ofen wegzulocken.

Sein Fell war nun auf der ganzen Unterseite und den Beinen ausgefallen. Die Haut hatte sich überall in eine ledrige Elefantenhaut verwandelt, die so unangenehm roch, dass wir ihn auf einen Teppich im Flur verfrachten mussten.

Mutter schmierte ihn drei Mal am Tag mit der stinkenden Tinktur ein, nach der dann die ganze Wohnung roch, machte Bäder für ihn und wickelte Verbände um seinen Körper, damit er sich nicht die Tinktur wieder ableckte.

Sie saß bei ihm und weinte und machte sich die schlimmsten Vorwürfe. Ihrer Meinung nach war es die Schuld meines Vaters und die ihre, dass Strolchi sich diese Krankheit im Tierheim geholt hatte, denn dass es eine Krankheit war, wussten wir seit der Diagnose des Tierarztes vor einigen Wochen. Eine Hautkrankheit, die auch auf die inneren Organe übergriff.

Er hatte dem Hund lediglich noch ein paar Wochen gegeben und riet meinen Eltern, dem Tier die Sache zu erleichtern und ihn nicht bis zum Ende leiden zu lassen, sondern ihn durch eine Todesspritze zu erlösen.

Es war schon dunkel, als meine Schwester, Vater und ich mit Strolchi zu seinem letzten Tierarzttermin fuhren.

Wir waren die Letzten an diesem Tag, das Wartezimmer wie leergefegt. Vater nahm Strolchi zwischen die Füße, ich versuchte die ganze Zeit, ihn zu streicheln, und stellte mir vor, dass Vater, wenn er mit Strolchi ins Untersuchungszimmer gerufen wurde, ein paar Minuten später einfach wieder mit ihm herauskäme.

Ich redete mir ein, dass der Arzt sich vielleicht geirrt hatte und die Diagnose widerrufen würde. Oder man hatte in der Zwischenzeit ein Mittel gegen diese Krankheit entdeckt und Strolchi konnte geheilt werden. Es konnte doch nicht sein, dass mein Hund, der heute Abend seltsam ruhig und starr auf dem Boden zwischen Vaters Füßen hockte, in wenigen Minuten nicht mehr leben, von einer Spritze einschlafen und nicht mehr aufwachen würde.

Vater verbot mir, ihn in das Behandlungszimmer zu begleiten. Ich sollte mich hier und jetzt von Strolchi verabschieden.

Ich begriff nicht, weshalb mein Hund heute sterben sollte. Ich begriff den Tod nicht.

Strolchi schien meine Liebkosungen gar nicht zu bemerken. Alles musste ihm merkwürdig vorkommen heute Abend, seine drei Begleiter, sein Frauchen, das zuhause geblieben war, stattdessen war sein Herrchen mit ihm, noch dazu bei Dunkelheit, zu diesem verhassten Tierarzt gegangen. Das leere Wartezimmer musste ihn wundern, kein bellender Hund, dem man Kontra geben konnte, kein aufgeregt piepender Vogel in einem viel zu kleinen Käfig, keine missmutige Katze in einem Katzenkorb, die man anknurren konnte.

Er spürt es, sagte Vater, der Hund spürt es.

Meine Schwester, die bisher wortlos neben uns kauerte, begann leise zu weinen. Sie war es gewesen, die Strolchi, der als Welpe mit noch geschlossenen Augen von seiner Mutter weggerissen wurde, nächtelang mit einer Babyflasche fütterte, obwohl sie gerade in ihrer Ausbildung steckte. In ihrem Bett hatte er geschlafen, bis er groß genug war. Als sie an ihrem achtzehnten Geburtstag mit Sack und Pack auszog, war er zu mir unter die Decke gekrochen und unsere Freundschaft begann.

Ich sprach Strolchi an, aber er reagierte nicht, sondern duckte sich ängstlich unter Vaters streichelnden Händen. Ich hätte mich so gerne von ihm verabschiedet, ihn noch einmal auf die Stirn geküsst, sein Fell gerochen, ihn hinter seinen Ohren gekrault, seine feuchte Schnauze berührt, mich von ihm die Wange lecken lassen, ihn umarmt, fest an mich gedrückt. Aber etwas anderes nahm ihn gefangen. Spürte er tatsächlich, was ihn erwartete?

Die Türe zum Behandlungszimmer öffnete sich, der Tierarzt erschien. Er lächelte mir kurz zu und bat dann meinen Vater herein. Meine Schwester erhob sich ebenfalls und schlurfte auf unsicheren Beinen hinter meinem Vater her.

Ich schaute auf Strolchi. Er blickte sich nicht um, hatte den Schwanz eingezogen und schmiegte sich an die Beine meines Vaters. Die Tür wurde geschlossen. Ich strengte mich an, etwas von dem zu hören, was in dem verschlossenen Zimmer vor sich ging, doch ich hörte nicht einen Laut. Ich versuchte zu weinen, schließlich wurde mein Hund gerade eingeschläfert, getötet, dachte ich, aber keine einzige Träne kullerte aus meinen Augen.

Vater war schuld, sagte ich mir, er hatte ihn damals wieder ins Tierheim zurück gebracht. Und heute war er es, der ihn ins Tötungszimmer führte, ihn nicht einmal zu retten versuchte. Sogar noch so etwas wie tragischen Stolz zur Schau stellte. Er konnte das wohl am besten von uns, hatte er nicht hunderte Tiere zur Schlachtbank geführt als Metzgergeselle. Als Kopfschlächter mit einem

Monster von Hammer den Tieren nahezu den Schädel gespalten und ihnen, wenn sie halbtot zu taumeln begannen, mit einem Messer die Kehle durchgeschnitten.

Er hatte mir das Aufschlitzen und Ausnehmen beschrieben und das Verwursten und Verarbeiten aller Innereien. Den Geruch von Blut in der Nase, die roten Bäche aus Blut und Urin in den Rinnen der Metzgerküche, das Gebrüll und Blöken der Tiere, ihren Todeskampf und die Todesangst in ihrem Blick, wenn es krachte und der Schädel sich zu spalten begann. Und wenn das Blut nach dem Schnitt durch die Kehle literweise aus dem Hals gegen die Wände spritzte und selbst den kräftigsten Stieren die Vorderläufe wegknickten, als wären es Streichhölzer.

Wenn er davon erzählte, klang seine Stimme nach altem Zauber und irgendeiner schrecklichen Schönheit, die ihn für immer gefangen genommen hatte. Er hatte es nie so gesagt, doch es klang, als sei es die schönste Zeit seines Lebens gewesen.

Und seltsamerweise dachte ich gerade jetzt an den alten Mann im Bahnhof, den er vor vielen Jahren mit einem einzigen Hieb totgeschlagen hatte.

Immer wenn er mit dem Zug von der Arbeit gekommen war, stand er, bevor er nach Hause ging, bei den Säufern an den Stehtischen in der Bahnhofshalle und trank ein oder zwei Biere und ein paar Schnäpse. Ich holte ihn jeden Abend am Bahnhof ab.

Obwohl ich mich auf ihn freute, schämte ich mich doch in Grund und Boden, dass mein Vater bei den stadtbekannten Säufern stand und mit ihnen trank und palaverte. Und ich an seiner Seite wartete, bis wir endlich nach Hause gingen.

Ich wollte, dass er keiner von ihnen war, und wenn man ihn so mit ihnen sah, lag es nur an seiner gepflegten Kleidung, dass man sich fragte, was dieser Mann mit den Säufern zu schaffen hatte und nicht wie alle anderen Männer, die von der Arbeit kamen, zuhause in aller Gemütlichkeit im Kreis der Familie sein Bier trank.

Ich weiß nicht, wie oft Mutter ihn angefleht hatte, doch gleich nach Hause zu kommen und nicht mit diesen Pennern zu saufen.

Vater begann die Geschichte immer gleich, damit, wie der alte Mann mit ihm zu schimpfen begonnen hatte, weil er der Meinung war, dass Vater ihm seinen Platz an einem der Stehtische weggenommen hatte. Nach einem kurzen Wortgefecht, ein paar Beleidigungen beiderseits, schlug der alte Mann mit seinem Spazierstock unvermittelt auf Vaters Kopf und holte zu einem nächsten Schlag aus, als Vater zurück schlug und den Mann niederstreckte. Nichts Großes, meinte Vater, nur eine rechte Gerade, nur viel Kraft und Präzision. Der alte Mann blieb reglos liegen. Er musste sofort tot gewesen sein, meinte Vater, und wiederholte damit die Worte des Arztes, der an die Unglücksstelle gerufen worden war.

Einige Zeugen konnten belegen, dass Vater in Notwehr gehandelt hatte. Er wurde nicht zur Verantwortung gezogen.

Die Türe des Behandlungszimmers öffnete sich und Vater kam heraus. Meine Schwester folgte ihm. Strolchi war nicht dabei. Meine Schwester nahm mich an der Hand und führte mich nach draußen.

Er ist ganz ruhig eingeschlafen, sagte Vater, als meine Schwester startete und mit stotterndem Motor losfuhr.

Er hat es gespürt, sagte Vater wieder, er muss es gespürt haben.

21

Ich nehme die Hauptstraße stadteinwärts, die ich so oft als Kind bei brütender Hitze entgegengesetzt in Richtung Freibad gegangen war.

Zwei, drei Kilometer mussten das gewesen sein. Von den wenigen Münzen, die in unseren Hosentaschen klimperten, konnte man nicht auch noch eine Busfahrt bezahlen. Nach dem Eintrittsgeld reichte es meistens nur noch für Pommes und ein Softeis.

Die Stadt hatte sich verändert, ich hatte mich verändert, die ganze Welt hatte sich verändert seit diesen Fußmärschen meiner Kindertage.

Ich spule, während ich auf die Geschwindigkeitsbegrenzung achte, nach „Just My Imagination" von den Temptations quer durch die Cassette. Ich scheine auch hier, auf der Hauptstraße Richtung Stadtmitte, der einzige Mensch zu sein, die Stadt wie leergefegt, kein Auto weit und breit, keine Fußgänger.

In den Vorgärten glitzern die Christbäume, in Fenstern leuchten in sämtlichen Farben und unterschiedlichen Intervallen unzählige Lichterketten auf. An einigen Balkonen hängen Weihnachtsmänner aus Pappmache, als ob sie gerade die Hauswände hochkletterten.

Die Straße glänzt nass, hauchdünn liegt Schnee in den Gärten, auf den Tannen und Dächern.

Endlich die ersten Töne, ein fantastischer Anfang für einen Soulsong. Die Musik entwickelt sich langsam, wie in einem weiten Raum schwingend. Der Song wächst zum Crescendo an, stetig, wie ein Sonnenaufgang.

Wie gemacht für Heilig Abend, dieser Song, schmunzle ich.

Wild gestikulierend kommt ein Mann auf dem Gehweg gerannt. Er stürzt auf die Straße, winkt mich heran. Ich halte an der Bushaltestelle Mozartstraße und stoppe abrupt die Cassette.

Er reißt die Beifahrertüre auf.

Sie müssen mich fahren, schnell, wir haben keine Zeit zu verlieren, ruft er.

Wo soll's denn hingehen?, frage ich so gelassen wie möglich, vermute aber ein Unglück oder, schlimmer noch, ein Verbrechen, und denke, dass ich diesen Fahrgast eigentlich gar nicht haben möchte. Wieso bin ich auch so blöde, an Heilig Abend mit dem Taxi durch die Gegend zu fahren?

Zum Wasenwald, schnell, sagt er und schlägt die Türe zu.

Sie müssen sich anschnallen, sage ich.

Nun fahren Sie schon, verdammt!, brüllt er und legt sich hastig den Gurt an.

Ich wende auf der Hauptstraße, achte diesmal nicht auf das Tempolimit und rase wieder aus der Stadt hinaus.

Ist etwas passiert?, frage ich vorsichtig.

Meine Tochter, sagt er nach einer Weile, beginnt unverständlich vor sich hinzumurmeln und zieht aus seiner Jackentasche ein Blatt Papier.

Hoffentlich kein Abschiedsbrief, denke ich.

Ich weiß seit meiner Zivildienstzeit als Rettungshelfer, dass es einige Rettungssanitäter gibt, die erhängte Selbstmörder an Heilig Abend als Christbaumschmuck bezeichnen.

Ich fand es damals schon geschmacklos und war immer heilfroh, nie an einem Heilig Abend an einen Unglücksort dieser Art gerufen worden zu sein. Ich hoffe, auch heute Abend nicht.

Keine Fragen mehr, sage ich mir, in diese Geschichte will ich nicht hineingezogen werden. Ich werde ihn zum Wasenwald fahren und dann das Weite suchen, so viel steht fest.

Der Mann schweigt und starrt fast panisch aus dem Fenster, schaut zum Himmel, als ob er in den Sternen die Antwort auf seine Verzweiflung finden könnte. So fällt es mir leichter, selbst zu schweigen.

Auf der schmalen Stichstraße zum Wald wird es mit einem Mal stockdunkel. Nur die Scheinwerfer meines Taxis stochern in der Dunkelheit herum und gleiten an schwarzen Baumstämmen entlang. Neben mir beginnt der Mann zu schluchzen, faltet das Papier zusammen, vergräbt es wieder in seiner Jackentasche und wischt sich mit den Handrücken über die Augen.

Der Kiesparkplatz ist verwaist, seine Tochter muss zu Fuß gekommen sein. Ich halte an, lasse den Motor laufen und bemerke, dass ich vergessen habe, das Taxameter einzuschalten. Hätte von diesem Mann ohnehin kein Geld angenommen, denke ich, und überlege, ob ich die Polizei rufen soll.

Er steigt aus, beugt sich zu mir in den Wagen: Sie müssen mitkommen, mir helfen, sagt er.

Ich denke, wir sollten die Polizei rufen, antworte ich.

Wir müssen jetzt suchen!, schreit er, nun kommen Sie schon, sie muss dort sein.

Wissen Sie eigentlich, wie groß dieser Wald ist?

Ich kenne ihren Platz, sie hat einen Lieblingsplatz, helfen Sie mir, bitte!

Er rüttelt an meiner Schulter. Nun kommen Sie doch endlich!

Ich ziehe den Schlüssel ab und suche im Kofferraum nach meiner Taschenlampe.

Er geht voraus und ich versuche, mit dem Lichtkegel meiner Taschenlampe seine Schritte auszuleuchten. Es ist furchtbar kalt. Mein Atem steigt in kleinen Wölkchen vor mir auf. Ich zittere am ganzen Körper und stelle mir vor, wie ich auf ein erhängtes Mädchen und einen zusammengebrochenen Vater reagieren soll. Ich will die Polizei rufen und bemerke, dass ich mein Handy im Taxi vergessen habe.

Ich denke an die hundert Mal, die ich als junger Mann durch diesen Wald gejoggt bin, und wundere mich, wie gespenstisch und furchteinflößend er mir in diesen Minuten vorkommt. Fehlt nur noch der Ruf einer Eule oder eines Käuzchens. Und Fledermäuse.

Über den Baumwipfeln erkennt man kaum den Himmel, über uns ein Dach aus Wald und Nebel und Dunkelheit.

Ich friere erbärmlich.

Der Mann vor mir atmet schwer. Er scheint sich wie durch Dickicht zu kämpfen, getrieben, und doch jeder Schritt bleischwer. Ich versuche in jeden seiner Fußstapfen zu treten, die er mit seinen schweren Stiefeln im Schnee hinterlässt.

Wie würde ich mich an seiner Stelle fühlen?, frage ich mich. Weshalb habe ich eigentlich keine Kinder? Das Alter dafür habe ich längst. Ich hatte es immer auf die fehlende, richtige Partnerin geschoben. Aber das stimmt nur zum Teil. Ich will einfach keine. Und wenn ich den Mann vor mir in seiner Angst und Verzweiflung betrachte, dann weiß ich auch wieder, weshalb nicht. Er ist nicht viel älter als ich.

Ich könnte ebenso gut dort vorne gehen. Ich könnte ebenso gut dieser Mann sein, der mit allem, mit dem Schlimmsten rechnet, auf das Beste hofft und verzweifelt betet.

Es würgt mich.

Wie alt ist ihre Tochter denn?, frage ich, um mich nicht erbrechen zu müssen.

Fünfzehn, sagt er fast flüsternd, sie heißt Jennifer. Ich sag' immer nur Jenn zu ihr.

Er tut mir unendlich leid. Wenn er seine Tochter in diesem Wald tot auffindet, wird sein Leben verwirkt sein, denke ich, denn es gibt bestimmt nichts Schlimmeres, als sein Kind beerdigen zu müssen.

Bitte, gib, dass sie noch lebt!

Wir sind gleich da, sagt er mit krächzender Stimme.

Ich schaue mich um und sehe noch immer nichts außer Bäumen und Sträuchern, hauchdünn schneebedeckt, keinen Hügel oder eine Stelle, die auffällig wäre.

Seine Schritte werden langsamer, er hält den Arm ausgestreckt und bittet um meine Taschenlampe.

Er bleibt stehen. Dort unten ist sie, sagt er, oh mein Gott, sie ist wirklich da.

Wir stehen am Rand einer weitläufigen Mulde und schauen in ihre Mitte hinab. Der Lichtstrahl der Taschenlampe reicht nicht so weit und wird dort zu einem blassen Lichtfleck, wo ich etwas zu erkennen glaube. Etwas, das wie ein Mensch aussieht, ein Mädchen vielleicht, ja, an einen Baum gelehnt, reglos. Dinge um sie herum verstreut. Vielleicht Kleidung, eine Tasche, ich erkenne es nicht genau.

Er lässt die Taschenlampe fallen und rennt los. Den Hügel hinab, zwischen Bäumen und Zweigen hindurch, zu seiner Tochter.

22

Ich schaute mich in aller Ruhe in Livs Bude um, zog ein paar Schallplatten aus dem Regal und musste feststellen, dass ich keine der Bands kannte. Eine Soulscheibe konnte ich nirgends finden. Klar, so wie die aussah. Eigentlich genau wie ihre Bude, dachte ich. Schlampig, müllig und schlecht riechend.

Überall quollen Aschenbecher über, lagen Bierdosen und leere Jack-Daniels-Flaschen herum. Schmutzige Wäsche stapelte sich neben dem Sofa und unter dem Bett. Ich erkannte ein paar schwarze Schlüpfer und BHs.

Ich erinnerte mich an einen Urlaub mit meinen Eltern am Chiemsee, ich war zwölf oder dreizehn. Im Zimmer über mir war ein junges Mädchen einquartiert, ebenfalls mit ihren Eltern unterwegs, obwohl sie schon sechzehn war. Eines Abends schlich ich in ihr Zimmer, als sie unten beim Abendessen saß, und roch an ihrem BH, der über der Sessellehne hing. Ich hatte irgendetwas Großartiges erwartet, dabei roch ich nur ihren Achselschweiß an dem Ding.

Besser, nicht daran riechen, sagte ich mir, am Ende ekelte ich mich noch vor Liv.

Ich öffnete das Fenster und lehnte mich hinaus.

Über dieser Backsteinwüste war die Sonne untergegangen. Das letzte Tageslicht verfing sich an schmutzigen Dächern. Schatten wichen zurück.

Die Stimmen der Jungs auf dem Basketballfeld drangen zu mir herüber. Ich hatte Lust auf ein Spiel, auf Bewegung, Sport. Ein paar der Jungs kennen zu lernen.

Ich zog die Türe hinter mir ins Schloss und machte mich auf den Weg. Noch immer benebelt von dem Joint, schwankte ich durchs Treppenhaus und griff nach dem Geländer.

Auf einer der Treppen hockte Layla und fragte mich lächelnd, wo ich hinwolle.

Ich sagte, zu einem Basketballspiel ein paar Blocks weiter.

Sie meinte, es wäre zu gefährlich, um diese Zeit unterwegs zu sein.

Ich möchte nur Basketball spielen, lächelte ich.

Bleib lieber zuhause, erwiderte sie, wir können ja ein bisschen fernsehen, meine Ma ist da.

Ein anderes Mal, sagte ich, ich brauch ein bisschen frische Luft.

Meine Ma erlaubt mir nicht, so spät nach draußen zu gehen.

Ich bin erwachsen, Layla, grinste ich und winkte ihr zum Abschied.

Auf der Straße traf mich Benzingeruch und Luftstöße der Straßenkreuzer. Der Verkehr auf der Woodward hatte zugenommen. Riesige Schlitten schossen an mir vorbei und am Ende der Woodward kratzte die Skyline Downtowns am Detroiter Abendhimmel.

Fassungslos stand ich da und starrte auf die

Wolkenkratzer. Diese buchstäblich in den Himmel ragenden Riesen aus Glas und glänzendem Metall. In den unzähligen Fenstern spiegelte sich dunkelrotes Abendlicht, während hier unten, zwischen den Backsteinblocks der Woodward Avenue, in einigen Kilometern Entfernung, schon die Dämmerung herumkroch.

Wenn man es nicht selbst gesehen hat, flüsterte ich und machte mich auf die Socken. Ich kam wieder etwas zu mir, spürte, wie die Wirkung des Marihuanas allmählich nachließ, und begann vorsichtig zu joggen. Musste gut aussehen, wenn ich joggend bei den Burschen ankam, dachte ich, aber meine Kondition reichte nicht für einen coolen Sprint. Die lange Reise, Schlafmangel, das Marihuana, und nichts im Magen, ich fühlte mich schlapp und müde und trottete bald gemütlich an verlassenen, halb zerfallenen Holzhäusern vorüber.

Als ich am Basketballfeld ankam, waren die Jungs verschwunden. Ein Basketball lag zwischen ein paar Büscheln Gras am Rand des eingezäunten Spielfeldes.

Ein guter Vorwand, dachte ich, griff mir den Ball und steuerte auf die Backsteinkolosse zu, in der Hoffnung auf die Jungs zu treffen und ihnen ihren vergessenen Ball zu überreichen. Ich prellte, während ich an stillgelegten Fabrikhallen vorbei kam, mit dem Ball und bugsierte ihn durch meine Beine, abwechselnd links und rechts, beförderte ihn zwischendurch von links nach rechts hinter meinen Rücken und warf ihn in unsichtbare Körbe, fing ihn wieder auf und prellte von neuem.

Schrottplätze kreuzten meinen Weg, aufgetürmte Asphaltabfälle so hoch wie Kleinfamilienhäuser, auf denen schon Grasbüschel wuchsen, und die niemanden mehr interessierten. Die Reiseführer logen nicht, diese Stadt war am Zerfallen.

Ich ging um ein paar Blocks herum, nahm ein paar Querstraßen und hatte den einfachsten aller Pfadfindertricks vergessen, hatte völlig vergessen, mich ab und zu umzudrehen, um den Blick für den Rückweg ins Gedächtnis zu schließen.

Ich hatte mich verfranst, verlaufen wie ein blutiger Anfänger. Vor mir wuchsen Backsteingiganten in die Höhe, in die Straße fiel kaum noch Tageslicht. Es dämmerte hier vor der Dämmerung. Am Boden schien sich schon die Nacht auszubreiten. Ich hielt an einem Gebäude, das keine Fenster mehr hatte, hunderte Löcher in zerfallendem Stein.

Kein Auto fuhr, keine Menschenseele zu sehen. Ich begann zu frösteln in meinem Shirt, mitten im Sommer, und umklammerte den Basketball.

Ich wollte den Rückweg angehen, mich nach dem Stand der untergegangenen Sonne ausrichten, dorthin gehen, wo es schon am dunkelsten war. Dort musste die Woodward sein. Und meine Bude. Und vielleicht war Liv schon zurück und wir konnten die unterbrochene Schmuserei fortsetzen, vielleicht endlich mal eine Kleinigkeit essen und ein paar Platten auflegen. Mir war danach.

Ich wollte gerade die Straßenseite wechseln, als sich fünf Jungs vor mir aufbauten. Weiß der Henker, woher die plötzlich gekommen waren. Afro-Amerikaner würde man heute sagen. Meine Generation nannte sie Schwarze. Ich schätzte sie auf zwischen sechzehn und achtzehn. Sie sahen kräftig aus, schlecht gelaunt und fragten, was ich Weißarsch in ihrem Viertel zu suchen hätte.

Die Szene kam mir irgendwie bekannt vor. Klar, das war die Standardszene für jeden amerikanischen Ghettofilm. Das Opfer kam nie ungeschoren aus dieser Szene raus, wie sehr es sich auch wand und bemühte. Zuerst hagelt es eine Flut von Beleidigungen und Provokationen, und dann gibt es Prügel. Wie sehr, entscheidet das Drehbuch.

Ich überlegte, ob ich wegrennen sollte, aber die Auswirkungen des Jetlags würden mich gegen diese Jungs ganz schön alt aussehen lassen. Dennoch, ein Versuch war es wert.

Ich hatte den Entschluss kaum gefasst, da standen zwei von ihnen auch schon hinter mir. Wieder ein Fehler, dachte ich, den Gegner das eigene Vorhaben erkennen lassen.

Kämpfend wollte ich mich nicht gegen sie stellen, ich bekam eine Scheißangst. Was, wenn die mich umbringen wollten? Also gab ich den servilen Arschkriecher, sülzte irgendetwas von Soul und tolle Stadt und General Motors, von den Tigers, grandioses Baseballteam, und dass dies heute mein erster Tag in Detroit sei und ich mich verlaufen hätte, ich wahnsinnig auf Stevie Wonder stehe und Soul liebe, die Musik der Schwarzen, dass ich ihren Zorn verstand, bei den Lebensumständen und ihrer Sozialisation und den verbauten Möglichkeiten durch eine weiße Regierung, einen weißen Präsidenten.

Ich redete mich um Kopf und Kragen, schwitzte und fror zugleich und zitterte. Und dann traf mich ein Schlag in die Magengrube. Ich knickte ein. Ein weiterer Schlag kam von hinten an meine Niere. Das war's. K.O. in der ersten Runde. Ich fiel auf die Knie und ließ mich vorsichtshalber ganz zu Boden sinken. Das Signal musste genügen, dachte ich, wer schlug schon noch auf einen am Boden Liegenden ein? In diesem Moment nahm ich den Schatten wahr, der von rechts auf mich zuraste und mich mit einer enormen Erschütterung an der Schläfe traf. Ein Fußtritt.

Mein eigener Schmerzensschrei war das Letzte, was ich hörte. Mein Magen drehte sich um, alles wurde dunkel um mich und versank.

Als ob das Licht ausgeknipst wurde.

23

Ein Samstagabend im Herbst 1976.

Mutter kochte auf dem Herd Unmengen von Wasser, Vater schüttete Topf für Topf in den Zinkbadezuber, der mitten in der Küche stand. Badezeit. Zuerst Vater, dann Mutter, dann ich. Wäre Strolchi noch da, käme er zuletzt dran.

Mutter kochte immer noch einmal frisches Wasser auf, bevor ich in den Zuber stieg, und schüttete es hinein, während Vater schon im Wohnzimmer bei der Sportschau saß.

Das frische Wasser brachte allerdings nicht mehr viel. Es kämpfte vergeblich gegen die Schlieren von Seife und Körperfetten, die in dem kleinen Zuber, in dem selbst ich nur mit angezogenen Beinen sitzen konnte, herum schwammen.

Nach dem Abendessen versammelten wir uns alle im Wohnzimmer und schauten Bonanza, Ilja Richters Disco oder die Hitparade im ZDF.

An jenem Abend gab es gegen später im Zweiten eine Volksmusiksendung. Hätte ich auch gerne geschaut, als kleiner Knirps war ich nicht so wählerisch, Hauptsache aufbleiben können. Aber meine Eltern schickten mich vorher ins Bett.

Zwischen Wohnzimmer und meinem Zimmer gab es eine Verbindungstüre, die nicht zugemauert worden war. So konnte man mein Zimmer vom Flur und Wohnzimmer aus betreten. Und natürlich verstand ich jedes Wort, das im Wohnzimmer geredet wurde, und bekam das komplette Fernsehprogramm mit. Nur ohne Bild.

Vater saß wie immer im Sessel vor dem Fernseher, Mutter auf dem Sofa, das etwas entfernt seitlich zum Fernseher stand, als ich bei der Tagesschau Gute Nacht sagen musste.

Ich kroch verärgert ins Bett, weil ich noch hellwach und am nächsten Tag sowieso Sonntag war und ich ausschlafen konnte.

Im Fernseher das übliche Gedöns bei solchen Sendungen. Alle waren bester Laune, jovial, selbstherrlich. Die Musik elend. Zwischen Mutter und Vater der übliche Dialog: Tolle Band ... schöne Stimme ... nettes Gesicht, meinte Vater meistens lakonisch. Mutter fand fast alle Sängerinnen zu aufgetakelt, affektiert, ihre Bewegungen ekelhaft, ihr Grinsen dämlich, Vater schwieg dazu. Natürlich fand er die feschen Dinger mit den weiten Dekolletees und den beinahe heraus hüpfenden Brüsten nicht zu affektiert. Hin und wieder hörte ich wie Mutter für Vater eine neue Flasche Bier aus der Küche holte und er in seinen Sessel furzte.

Ich grinste vor mich hin und versuchte keineswegs einzuschlafen, sondern bis zum Ende der Sendung durchzuhalten. Irgendwann wurde ein Kinderstar an der Trompete angekündigt, das Publikum raste, tosender Beifall.

Ich konnte ihn mir schon damals gut vorstellen, vermutlich in Lederhosen, die gewellten Haare in der Maske frisch geföhnt, blauäugig, lächelnd, in den kleinen Händen eine goldene Trompete, in die er zu blasen begann.

Eine Weile herrschte andächtige Stille in unserem Wohnzimmer, bis Vaters schnarrende Stimme erklang: Das ist ein Junge, was?

Ich weiß nicht weshalb, aber ich ahnte, was jetzt kommen würde.

Dieser Moment zwischen dem Verklingen von Vaters Stimme und Mutters unbedachter Antwort, mein Innehalten mit angehaltener Luft, das Aufsteigen von Scham und einer Angst, die sich bestätigen sollte, dieser Moment der verzweifelten, fast panischen Hoffnung, es möge nicht geschehen, gesagt werden, ich hasse ihn noch heute.

Ja, antwortete Mutter zustimmend, und nach einer Pause fügte sie hinzu: nicht so einer wie unserer.

Ich spürte den Schmerz zuerst in der Brust, wollte hinfassen, tat es nicht. Sie hatten mich gerade verstoßen, heimatlos gemacht. Ich drehte mich weg, wandte mein Gesicht ganz nah zur Wand, roch die Tapete. Aus meinen Augen flossen Tränen. Ganz heiß flossen sie über meine Wangen. Ich rührte mich nicht mehr, konnte mich nicht mehr bewegen.

Eine Ewigkeit verharrte ich so.

Die nächsten Tage bekam ich in der Schule kaum etwas mit, saß da und wusste nicht mehr, was noch vor wenigen Minuten geredet wurde. Ich versuchte mir vorzustellen, wie es meinen Eltern ginge, wenn ich nicht mehr da wäre.

Einfach abhauen, das wäre es.

Jeden Morgen auf meinem Schulweg überlegte ich mir, wie ich es anstellen und wohin ich abhauen sollte. Freitags stand mein Plan fest. Ich öffnete mit einem Schraubendreher meine Spardose, steckte alles Geld in meine rote Windjacke und wartete auf den nächsten Tag.

Alle zwei Wochen hatten wir samstags Schule. An diesem Samstag war es soweit.

Wie immer verließ ich mit Schultasche und meinen Vesperbroten das Haus. Heute ohne Gruß. Sie sollten sich wundern. Sie sollten sich sorgen, verzweifelt werden, die Polizei rufen müssen, und Mutter sollte sich die Augen aus dem Gesicht weinen. Vater sollte mich suchen, die Stadt nach mir umgraben müssen, ohne mich zu finden. Denn ich würde längst über alle Berge sein. Längst im Zug sitzen nach – ach, was weiß ich, völlig egal. Hauptsache weg. Weg von diesen Eltern, die mich sowieso nicht liebten, die ihr wahres Gesicht gezeigt hatten, ohne zu wissen, dass ich ihre Wahrheit entdeckt hatte.

Ich ging nicht zur Schule, sondern versteckte mich im Dachgeschoss eines alten Hauses, das auf meinem Schulweg lag. Der Antiquitätenladen im Untergeschoss hatte samstags geschlossen, sodass ich über den unbewachten Hinterhof und eine Feuerleiter ins Dachgeschoss klettern konnte. Das Haus gehörte zu unseren Räuber-und-Gendarm-Verstecken. Wir hatten dort oben schon ein paar unserer Bandentreffs abgehalten.

Es war kühl an diesem Morgen, der Wind pfiff durchs Gebälk. Der Winter stand vor der Türe. Um die Mittagszeit hatte ich meine Brote alle weggehauen und war noch immer hungrig. Meine Cola war leergetrunken. Ich langweilte mich. Wie viele Stunden würde es wohl noch dauern, bis es dunkel wurde und ich aus meinem Versteck kommen konnte, um mit dem Nachtzug abzuhauen? Zuerst nach Stuttgart, dann weiter weg, vielleicht nach Hamburg, oder Berlin. Es würde eine Ewigkeit dauern, bis sie mich dort finden würden.

Zur erweiterten Fußgängerzone hin gab es kein Fensterglas mehr in dem alten Haus. Ich beobachtete die Menschen, die zwischen Wilhelmstraße und dem großen Kaufhaus unterwegs waren. Eingepackt in dickere Jacken, die ersten mit leichten Schals und festen Schuhen. Es war seltsam, sie dort unten hin und her gehen zu sehen, beschäftigt mit ihrem Leben, während ich dort oben hockte, verborgen und versteckt war.

Trotz der Einsamkeit, die mir weh tat, bemerkte ich noch ein anderes Gefühl, das sich in mir regte und rumorte wie ein Grollen von ganz tief unten. Indem ich diesen Menschen und ihrer Welt, meiner bisherigen Welt, zusah, sie aus der Distanz und beschlossenen Nichtzugehörigkeit betrachtete, spürte ich zum ersten Mal eine Ahnung von Freiheit, Unabhängigkeit, und Stolz.

Ihr Leben schien mich nichts mehr anzugehen,

ich gehörte nicht mehr dazu. Ich hatte mich entschlossen, sie und diese Stadt, meine Eltern und mein altes Leben zu verlassen.

Wenn ich schon alleine war, konnte ich ebenso gut auf und davon gehen und alleine mein Glück in der Welt versuchen. Besser als dies hier, dachte ich, besser als Eltern zu haben, die sich einen Trompeter zum Sohn wünschten, nur weil sie auch in der ersten Reihe sitzen und klatschen und stolz sein und als seine Eltern vorgestellt werden wollten.

Aber was hatten *sie* denn eigentlich erreicht? Vater war Hilfsarbeiter in einer Maschinenfabrik geworden und gab ständig damit an, dass er genauer Metall rundschleifen konnte als alle seine Kollegen vom Fach. Mutter war Putzfrau. Welch ein Gegensatz zu ihrem Lebenstraum, Krankenschwester bei Albert Schweitzer in Lambarene zu werden.

Ein Hilfsarbeiter und eine Putzfrau, grollte ich in Gedanken. Diesen beiden bin ich nicht gut genug, sie haben den Kummer und die Sorgen verdient, die mein Ausreißen ihnen bereiten würde.

Meine Knie begannen zu zittern, es fuhr mir in die Magengrube: Unten auf der Straße ging Vater. Ich schaute ihm direkt auf sein schütteres Haar. Er war zum Greifen nahe. Ich wollte rufen, aber hielt sofort wieder inne. Ich wollte nicht mehr zu ihm gehören. Er hatte mich verraten. Verräter, dachte ich und fühlte, wie sich etwas zwischen uns gestellt hatte. Irgendetwas in *mir* musste es sein. Etwas, dem ich keinen Namen geben konnte. Aber etwas, das groß und unumstößlich genug war, zwischen mir und meinem Vater zu sein.

Der Gedanke, dass mein Vater noch nichts von all dem wusste, was ihn erwartete, wenn ich nicht von der Schule nach Hause kommen und die Polizei verständigt werden würde, schaffte ein Gefühl von Genugtuung. Ich wollte mich an ihnen rächen. Sie hatten es verdient.

Vater war aus meinem Blickfeld verschwunden.

Von der Kirche her schlug es halb eins.

Alles, was mich die letzten vier Stunden beschäftigt, was ich mir ausgemalt und beschlossen hatte, all die stolzen und rachsüchtigen Gedanken, und auch dies neue, leuchtende Gefühl, dieser unentdeckte Horizont irgendwo dort draußen oder in mir, wurde mit einem Mal zurückgedrängt, verschüttet, ja, von einer Stimme in mir verboten.

Ich hatte Schiss.

Spätestens um eins würde ich von der Schule zurück erwartet werden.

Vater war unnachgiebig in solchen Sachen. In allem. Er würde wissen wollen, wo ich mich so lange herumgetrieben hatte, meine Taschen untersuchen, ob ich irgendwo geklaut hatte, mir tausend Fragen stellen, mir seine fleischige geballte Faust vors Gesicht halten, mir die Lügerei austreiben wollen, mich für die nächsten Stunden auf mein Zimmer schicken, mir für den Abend Fernsehverbot erteilen.

Heute würde es auch keine Volksmusiksendung im Fernsehen geben.

Ich packte meine Sachen zusammen, zwängte mich durchs Gebälk und kletterte zögerlich die Feuerleiter hinab.

Als ich an unserer Türglocke klingelte, begrüßte mich Mutter nachlässig und ohne auf die Uhr zu schauen. Vater war noch in seiner Kneipe beim Saufen.

24

Sie ist es tatsächlich.

Seine Tochter.

Was ein unglaublicher Heilig Abend, denke ich, ergriffen von dem Mann, der auf der Straße auf mich zugerannt war, und seinem verzweifelten Anliegen, ergriffen von der Situation, in die ich geraten war.

Das Mädchen sitzt an einen Baum gelehnt, ihr Kopf nach vorne auf die Brust gesunken. Ihr Vater rüttelt an ihren Schultern und ruft unentwegt ihren Namen. Er hockt neben ihr, mit den Knien tief eingesunken.

Sie stöhnt leise, kaum hörbar. Sanftes Murren.

Es beginnt leicht zu schneien. Dünne Flöckchen. Ein paar landen auf dem nassen Haar des Mädchens und ihren Beinen, die langgestreckt auf der schneebedeckten Erde liegen. Die Jeans voller Schmutzflecken und feucht vom Schnee.

Ihre Turnschuhe sind aufgeschnürt, um sie herum liegen Dinge verstreut. Geldbeutel, eine Bierdose, Busfahrkarte, ihr Handy, ein Feuerzeug, ihre umgestülpte Umhängetasche, aus der Schminkzeug und Haarsprayflaschen quellen.

In ihrer linken Hand hält sie ein leeres Tablettenröhrchen.

Wir müssen sie zum Erbrechen bringen, sage ich, hören Sie, und berühre ihn an der Schulter.

Ich erschrecke, als er zu mir aufschaut, kann der Verzweiflung, der Angst in seinem Blick kaum standhalten, und blicke zu Boden.

Er fängt sich: Sie haben recht, ja, das müssen wir, sagt er und kippt seine Tochter vorsichtig zur Seite.

Ein Schluck Salzwasser würde helfen, denke ich und sehe, wie er mit den Fingern in ihren Mund fasst und die Zunge niederdrückt.

Sie beginnt tatsächlich zu würgen. Jedes Mal, wenn er weit hinten im Rachen die Zunge niederdrückt, geht ein leichter Ruck durch ihren Leib und sie hustet.

Er bohrt die Finger tiefer in ihren Hals und drückt solange auf die Zunge, bis sie sich erbricht.

Mein Kind, mein Kind, sagt er immer wieder und streicht mit der Hand die nassen, verklebten Haare aus ihrem Gesicht.

Nachdem sie erbrochen hat, richtet er sie auf, säubert mit dem Ärmel ihren Mund und schließt sie heftig in seine Arme.

Er beginnt laut zu schluchzen und küsst immer wieder Stirn und Wangen des Mädchens.

Sie hängt leblos in seinen Armen.

Wir müssen los!, rufe ich, ins Krankenhaus. Sie muss ins Krankenhaus, so schnell wie möglich!

Ich ziehe an seinem Kragen, rüttle an ihm. Nun machen Sie schon!

Er nimmt sie auf seine Arme und stapft schnaufend los.

Ihr Kopf rutscht gelegentlich von seiner Schulter und kippt zur Seite, dann rückt er sie erneut in seinen Armen zurecht. Er atmet schwer und laut stöhnend. Ich überlege, ob ich ihm anbieten soll, seine Tochter bis zum Auto zu tragen. Bestimmt wird er ablehnen. Ich würde ablehnen.

Am Auto angelangt, will ich die Notfallnummer anrufen, habe aber kein Netz.

Während ich eine Decke über die Rückbank breite, sehe ich ihn aus dem Wald kommen, seine Tochter in den Armen, fast fällt sie ihm zu Boden, so tief hängen seine Arme. Ich will ihm zu Hilfe kommen, doch er schüttelt den Kopf.

Beide sind mit dicken Schneeflocken bedeckt.

Wir legen das Mädchen nach hinten. Er setzt sich zu ihr, legt ihren Kopf auf seine Beine, streichelt ihr Gesicht und den Schnee von ihrer Jacke, aus den Haaren.

Ich starte den Motor und rase los.

Unterwegs wähle ich noch einmal die Notfallnummer, bekomme eine Verbindung und beschreibe unsere Situation.

Ein Team steht schon an der Einfahrt des Krankenhauses bereit, nimmt das Mädchen auf eine Bahre und verschwindet eilig.

Können Sie bleiben und mit mir warten?

Der Vater des Mädchens schaut mich flehend an. Er sieht hilflos aus, so sehr, dass ich seine Frage kaum verneinen kann. Irgendeine Ausrede vielleicht. Heilig Abend ... Familie ... Dienst ...

Ich nicke zustimmend.

Einige Minuten später sitzen wir vor dem Intensivbereich, starren schweigend zu Boden und warten.

Es ist unser Wochenende, meint er unvermittelt, oh Gott, meine Ex-Frau – er unterbricht sich. Das wird sie mir nie verzeihen, fährt er verzweifelt fort, dass ich nicht auf sie aufgepasst habe, auf Jenn.

Ich schaue ihn an und wähle den dümmsten aller Sprüche, um ihn zu trösten: Alles wird gut, sage ich mit all der Zuversicht, die ich aufbringen kann.

Er schaut mich eine Ewigkeit an. Gleich wird er dir an die Kehle gehen, denke ich, und bin auf alles gefasst.

Stattdessen bedankt er sich. Ja, vielleicht wird es das, vielleicht, setzt er gedankenverloren hinzu.

Nicht reinhängen, sage ich mir, nur nichts fragen, das ist nicht dein Leben, du kennst diese Menschen nicht. Und ihre Probleme schon gar nicht. Und so soll es bleiben.

Ich erhebe mich, sage, dass ich uns einen Kaffee besorgen gehe, ein Telefonat führen müsse. Mein Gott, ich hasse Krankenhäuser. Diesen unverkennbaren Geruch, Angehörige, die mit Blumen kommen oder Schokolade, mit wenig Zeit und guten Ratschlägen, Ärzte, die ihren Piepser tragen wie das Bundesverdienstkreuz. Kranke, die mir Angst machen, Angst vor Schmerzen, Leiden, Angst vor dem eigenen Sterben, dem Tod. Ich weiß, ich könnte einer von ihnen sein. Oder werden. Jederzeit.

So lange man draußen ist, den Niedergang, Verlust und Leid nicht selbst erlebt, gehört man dem Leben und glaubt der offensichtlichen Lüge, dass es immer nur die Anderen erwischt. Warum auch immer.

Und ich hasse die großen Gemälde an den Wänden, moderne Kunst, völlig fehl am Platz, wo es hier doch nur um Blut und Schleim geht.

Gewiss, sie sind gut gemeint, aber im Grunde passen sie nicht in diese Atmosphäre.

Was passt denn in diese Atmosphäre?

Auch nicht beim Tod meines Vaters, der sich beinahe mal eben so im Klinikum Großhadern in München auf dem Flur ereignet hätte und dann doch genau hier im Kreiskrankenhaus geschah, nachdem man Vater in einer nächtlichen Krankenfahrt von München ins hiesige Krankenhaus zum Sterben abgeschoben hatte. Natürlich hatte das damals niemand so gesagt, aber genau so war es.

Die automatische Türe des Intensivbereichs fliegt auf.

Ein noch junger Arzt kommt heraus geschwebt, die Flügel seines geöffneten Mantels fliegen zur Seite, als wolle er gleich abheben. Ein kleiner Bauchansatz wölbt sich über den Gürtel. Sein Gesichtsausdruck verrät die gute Nachricht, die er überbringen will.

Er stellt sich als Dr. Frischkorn vor und fragt, wer von uns beiden der Vater des Mädchens sei.

Mit diesem Namen konnte man nur Arzt werden, denke ich, in mich hinein lächelnd, oder besser noch Ernährungswissenschaftler.

Der Vater des Mädchens fragt händeschüttelnd nach dem Zustand seiner Tochter.

Sie sei außer Gefahr, meint der Arzt und bittet ihn herein.

Einen Moment noch, sagt er zu dem Arzt, wendet sich mir zu, reicht mir die Hand und bedankt sich überschwänglich und herzlich bei mir.

Gerne, erwidere ich, alles Gute. Und grüßen sie Jenny von mir, füge ich lächelnd hinzu.

Die Türen schließen sich automatisch hinter den beiden, und ich schaue, dass ich dieses Haus schleunigst wieder verlasse.

25

Schisser! Hey Mann, komm zu dir, mein Gott.

Jemand schlug mich wieder.

Ich kannte die Stimme, die mich erneut Schisser nannte.

Liv hockte neben mir auf dem Boden, hatte mein Gesicht in den Händen und schlug vorsichtig auf meine Wange.

Der Boden unter mir war kühl. Mir war schlecht, ich musste mich übergeben und neigte mich zur Seite.

Wieso schlägst du mich?, fragte ich mit einem gezwungenen Lächeln.

Sie wischte mir mit einem Papiertuch den Mund ab und warf es weg.

Du Blödmann, schimpfte sie, solltest dich mal sehen, oh Mann, eine Beule so groß wie ein Tennisball, und alles vollgekotzt. Waren das diese schwarzen Halbstarken?

Sie hatten mich in einem backsteinernen Rohbau abgelegt, wie ein Stück Abfall in die Ecke eines leeren Hauses geworfen. In solche Häuser geht man zum Pissen, pinkelt in die Ecke, wenn es nirgendwo eine öffentliche Toilette gibt.

Hatten meine Taschen durchsucht. Bei mir gab es nichts zu holen. Mein Geld hatte ich zum Glück im Apartment gelassen. Den Basketball hatten sie mitgenommen.

Komm, ich bring dich heim, sagte Liv und half mir beim Aufstehen.

Der Schmerz in meiner Niere gab mir kaum die Kraft aufzustehen.

Wieso bist du eigentlich hier?, fragte ich erstaunt und rappelte mich mit ihrer Hilfe auf.

Aha, der Junge kann schon wieder kombinieren, das ist gut, dann hat es dich also doch nicht so schlimm erwischt, meinte Liv erleichtert.

Das kann man so schnell nicht sagen. Ich wollte ihre Euphorie bremsen.

Soll ich dich ins Krankenhaus bringen?, fragte sie mit besorgter Stimme.

So gefiel sie mir irgendwie besser.

Nein, nein, alles, nur das nicht, lieber nach Hause.

Sie legte meinen Arm um ihre Schulter und stützte mich auf dem Weg nach draußen, weil hin und wieder meine Beine nachgaben.

Nun sag schon, bohrte ich, wieso bist du hier, wie konntest du wissen, wo ich bin?

Layla hat mich angerufen.

Layla?

Ja, sie hat dich weggehen sehen.

Stimmt.

Dann hat sie mich angerufen. Nur ein Idiot wagt sich in dieses Viertel, noch dazu um diese Zeit. Oder ein Tourist. Sie grinste.

Ich nehme mal an, du hältst mich für Letzteres.

Ihr Grinsen wurde breiter. Jedenfalls kannst du dich bei Layla bedanken, sagte sie.

Das werde ich, erwiderte ich. Aber wieso hat

sie dich angerufen?

Wir sind Freunde.

Du und Layla?, fragte ich ungläubig.

Ja, wieso nicht, ich mag sie.

Wir traten aus dem Rohbau auf die Straße. Sie stützte mich noch immer.

Es war beinahe dunkel, nur vereinzelt brannten hier und da Straßenlaternen.

Gespenstisch, dachte ich.

Vor dem Haus parkte ein Taxi. „Checker" stand auf der Beleuchtung auf dem Dach des Taxis.

Du bist mit dem Taxi gekommen, staunte ich.

Sie ging zum Wagen und öffnete mir die Beifahrerseite. Im Wagen saß niemand.

Und wo ist der Taxifahrer, fragte ich, abgehauen?

Nun steig schon ein, sagte sie unruhig umherblickend, es ist mein Taxi.

Sie fuhr schweigend und viel zu schnell um die paar Blocks bis zu unserem Haus, parkte an der Rückseite und half mir aus dem Wagen.

Du kommst mit zu mir, sagte sie besorgt.

Ich widersprach nicht.

Fünf Minuten später kauerte ich auf ihrem Sofa und hielt ein Handtuch gegen meine Schläfe, in das ein Beutel Eiswürfel eingewickelt war.

Sie hatte ein paar Kerzen angezündet, mir eine Kopfschmerztablette gegeben und saß nun rauchend mir gegenüber in einem alten pinkfarbenen Sessel und hing ihren Gedanken nach.

Schon cool, meinte ich, um das Schweigen zwischen uns zu brechen.

Was?

Dass du Taxi fährst.

Sie lachte kurz. Von irgendetwas muss man ja leben, sagte sie, mit lautem Pusten den Rauch ihrer Zigarette ausblasend.

Aber Taxi fahren, ist das nicht zu gefährlich?

Ich habe eine Knarre unter meinem Sitz, antwortete sie, wenn mir einer dumm kommt, schieß ich ihm die Eier weg.

Ich räusperte mich.

Was? Wie sollte man sich sonst schützen, außerdem bin ich schon zuhause Taxi gefahren, in Daytona.

Wieso bist du nach Detroit gekommen?, fragte ich.

Um so weit weg wie möglich von zuhause zu sein.

Ihre Antwort irritierte mich.

Daytona Beach, warf ich begeistert ein, das ist doch Wahnsinn, da würde ich nicht freiwillig weggehen.

Ja, besonders wahnsinnig, wenn du einen Vater hast, der dich jede Nacht begrapscht.

Damit hatte ich jetzt nicht gerechnet. Ich schwieg und schluckte nur.

Mich und meine Schwester Anny, jede Nacht eine von uns beiden, unterbrach sie mich, den Blick zur Decke gerichtet.

Auch ich konnte ihr nicht in die Augen schauen und blickte zu Boden.

Er hat sich einen runter geholt, wenn er an uns herum fummelte, fuhr sie fort und zog an ihrer Zigarette. Später hat er Anny vergewaltigt, sie war vierzehn, zwei Jahre älter als ich.

Liv verstummte, schloss die Augen.

Und deine Mutter?, fragte ich.

Sie tippte die Asche ihrer Zigarette gar nicht in einen Aschenbecher, sondern ließ sie einfach auf den Teppich fallen, nahm die Beine hoch, winkelte sie an, legte ihr Kinn darauf und starrte mich unverhohlen an.

Meine Mutter wusste es, erzählte sie mit bitterem Ton weiter, aber sie unternahm nichts dagegen, die Hure. Sie hatte Angst vor ihm und hasste Anny zugleich, weil sie dachte, Anny sei scharf auf meinen Vater.

Verstehe, sagte ich, obwohl ich gar nichts verstand.

Ja, Mann, fuhr Liv fort, das ist total krank. Die Schlampe ist zum Glück an einer Überdosis Schlaftabletten gestorben.

Dann wart ihr mit ihm allein ...

Keiner hat uns geholfen. *Ich* musste uns helfen.

Was ist passiert?, fragte ich.

Liv erwiderte ausdruckslos meinen Blick. Ihre Stimme klang lebloser auf einmal: Er dachte, ich käme später nach Hause, sagte sie, er lag auf Anny, als ich heimkam, sie wimmerte, er hielt ihr den

Mund zu. Ich hab ihm ein Küchenmesser in den Hals gesteckt. Aber die Drecksau hat überlebt, zur Hölle mit ihm!

Achselzuckend erzählte sie, dass sie und Anny in ein Heim gekommen waren, Anny sich ein Jahr später das Leben genommen hatte, im Heim, in der Badewanne, die Pulsadern aufgeschnitten.

Mit sechzehn war sie, Liv, abgehauen und bei Freunden in New York untergetaucht, eine Zeitlang war sie anschaffen gegangen, nur bis sie das nötige Geld zusammen gehabt hatte.

Die Kohle für den Taxischein und ein eigenes Taxi.

Das habe ich ganz alleine geschafft, betonte sie, kein Aas hat mir dabei geholfen, kein verficktes Amt. Das ist ganz allein mein Ding.

Das ist es wirklich. Ich bewundere dich, Liv, sagte ich ehrlich.

Liv zuckte zusammen. Willst du mich verarschen, du Hurensohn?, fragte sie aggressiv.

Nein, wirklich nicht, betonte ich, und hob abwehrend die Hand, ich meine es ernst, sagte ich erschrocken, du hast es echt gepackt. Und ich möchte dir noch einmal danken für heute, dass du mich dort rausgeholt hast.

Schon gut, Schisser, du bist mir lieber als der langweilige Chinese. Scheiße, vielleicht war er auch Japaner.

Einem Menschen wie Liv war ich noch nie begegnet. Und ich wollte es auch nicht mehr.

26

Vaters schnarrende Stimme hatte einen besonderen Klang.

Er saß auf meinem Bettrand und rüttelte an mir. Etwas Außergewöhnliches musste passiert sein. So hatte er mich noch nie geweckt, nicht mal, als Muhammad Ali geboxt hatte.

Ich fühlte mich todmüde. Es waren Sommerferien, weshalb weckte er mich mitten in der Nacht?

Elvis ist tot. Wach auf, Junge, hörst du, Elvis ist tot. Vater rüttelte noch immer an mir.

Elvis?

Zwar hingen in meinem Zimmer schon lange keine Elvis-Poster mehr, sondern die aktuellen Stars aus Pop und Rock, und mein momentaner Lieblingssong war Creedence Clearwaters „Hey Tonight". Seit meine Schwester ausgezogen war, hörte ich unentwegt ihre Lieblingsband.

Elvis ist tot, wiederholte mein Vater.

Aber als mir gähnend und ganz allmählich der Sinn seiner Worte klar wurde, spürte ich wieder die alte Verbindung zu Elvis.

Ich hatte ihn geliebt, und seine Musik, die Art, wie er sich bewegte, wie er aussah. Seinetwegen wollte ich Sänger werden, träumte schon als kleiner Knirps davon. Dass er jetzt tot sein sollte, konnte ich nicht glauben.

Warum?

Bub, wach jetzt mal auf und komm, der Fernseher ist voll davon.

Es war früh am Morgen und Elvis tanzte über den Bildschirm, wackelte mit den Hüften, verzog den Mund, sang „Heartbreak Hotel" und „Jailhouse Rock", dazwischen Bilder aus Memphis, ein Hospital, in das er wohl gebracht worden war nach seinem Herzversagen, weinende, kreischende Fans vor Graceland, die Blumen niederlegten, ein Ausschnitt aus „Aloha From Hawai", Elvis auf dem Höhepunkt seiner Karriere. Ich erinnerte mich an die Liveübertragung vor ein paar Jahren. Ich hatte sie wie ein Wunder erlebt. Elvis live, bei uns im deutschen Fernsehen.

Es war so mystisch gewesen wie die Boxkämpfe Alis mitten in der Nacht, die ich schlaftrunken und zitternd vor Nervosität am Fernsehgerät miterleben durfte.

Elvis war ein gottähnliches Wesen für mich gewesen, jetzt war er tot. Und das, obwohl in den Zeitungen gestanden hatte, dass Les Humphries ihn für ein paar Konzerte nach Deutschland hatte einladen wollen. Zu spät, Elvis war tot.

Ich saß im Wohnzimmersessel und weinte. Zwar hörte ich schon lange andere Musik, aber Elvis war immer mein Idol gewesen. Er hatte mich begleitet, von Anfang an. Mit seinem Tod war meine Welt nicht mehr dieselbe.

Der war schon klasse, der Kerl, auch wenn er zu fett war, meinte Vater.

Was weißt du schon, dachte ich.

Nach dem Frühstück rannte ich nach unten, ein

tragbares Radiogerät in den Händen.

Meine Kumpels hockten schon auf den Treppen und horchten ebenfalls Radio. Überall wurden Elvis-Songs gespielt, die Nachricht von seinem Tod alle paar Minuten verkündet, Musiker, Politiker, Schauspieler, die halbe Welt meldete sich zu Wort und konnte es nicht fassen.

Ich am allerwenigsten.

Irgendwann ertrug ich meine Kumpels, diese Pappnasen und Angeber, nicht mehr. Jeder wollte mehr über Elvis gewusst haben als die Anderen, verzapfte haarsträubende Geschichten und Anekdoten über ihn, fand diesen und jenen Song scheiße, bis sie ihn einen alten Fettsack nannten und über ihn Witze rissen und lachten.

Sie hatten keine Ahnung, diese dummen Säcke, keiner kannte ihn besser als ich, keiner hatte ihn mehr geliebt. Mein Zimmer war vollgestopft gewesen mit Elvis-Fankram, mit Postern an allen vier Wänden. Ich hatte zweiundzwanzig Elvis-LPs im Regal stehen und ihn jeden Tag gehört. Woche für Woche wechselte ich zwischen einem schwarzweißen Elvis-T-Shirt und einem roten Elvis-Sweatshirt, hatte jeden Schnipsel aus Zeitungen ausgeschnitten, den ich ergattern konnte, und sammelte sie in Briefmarkenalben, die ich noch immer wie den heiligen Gral hütete.

Ich kannte Elvis.

Angewidert von ihrem dämlichen Gequatsche rannte ich zu meiner Schwester in den Laden.

Sie stand vor der Ladentüre, warf ihre Zigarette weg, als sie mich kommen sah, und umarmte mich wortlos.

Jammerschade um ihn, flüsterte sie nach einer Weile an meinem Ohr und strich mir übers Haar, er war einfach toll, er war der King.

Das sagte sie, die mit den Rolling Stones, Creedence Clearwater Revival und den Beatles groß geworden war. Und waren es nicht die Beatles gewesen, die behauptet hatten, ohne Elvis hätte es sie nicht gegeben?

Sie wusste, was er mir bedeutet hatte. Meine Schwester hielt in Ehren, wen sie liebte. Bis zu *ihrem* Tod war sie mir darin Vorbild gewesen, uns allen.

Er war der King, wiederholte sie, so wie er konnte keiner singen.

Es war nicht einmal so sehr sein großartiger Stimmumfang, die mehr als zweieinhalb Oktaven, die er schaffte, es war der Klang seiner Stimme.

Sie sprach meine Gedanken aus. Ich hatte schon unzählige singen gehört, hörte jeden Tag seit vielen Jahren Musik, eigentlich den ganzen Tag. Nach den Hausaufgaben war ich von meinem Plattenspieler und dem Radio kaum noch weg zu kriegen, nahm hunderte von Cassetten auf.

Die menschliche Stimme ist das vollkommene Instrument, das fühlte ich damals schon. Ihr Klang gelangt mitten in die Seele. Und Elvis' Stimme berührte mich zutiefst. Schon als kleinen Jungen. Sie schenkte mir ein Zuhause. Machte mich glücklich. Wenn ich ihn hörte, spürte ich, dass ich lebte.

Ich liebte ihn. Nun war er tot, gestorben im Badezimmer seines Hauses, wenn die Nachrichten stimmten. Oder auf dem Transport ins Krankenhaus. Spielte es eine Rolle?

Mit ihm begrub ich heute vollends meine Kindheit, oder was noch davon übrig geblieben war.

Als ich nachmittags in unsere Straße bog, hockten die Idioten noch immer in den Hauseingängen mit laut gestellten Radios. Ich ließ sie links liegen, stieg an unserer Wohnung vorbei nach oben ins Dachgeschoss, verkroch mich im alten Dachzimmer meiner Schwester, das nun meine zweite Behausung werden würde.

In Vaters Werkzeugschrank kramte ich nach einem Pinsel und weißer Farbe. Dieser Sommer war etwas ganz Besonderes, Einzigartiges, deshalb pinselte ich die Jahreszahl auf den äußeren Fenstersims.

„1977" las ich von nun an jedes Mal, wenn ich mich wieder mal davon stahl und oben unterm Dach hockte, in Angelikas alter Bude, abschloss, um ganz alleine zu sein, und ungestört.

Meine Schwester hatte dort oben immer Partys gefeiert oder ihre Typen heimlich mit hinauf geschleppt, geraucht, nicht Marlboro, sondern Kurmark, bis es hinab in den Hausflur gestunken hatte, die Nachbarn sich beschwerten, mein Vater nach oben stiefeln, gegen die Tür klopfen und drohen musste, ihr den Schlüssel für die Bude wegzunehmen.

Laute Musik war durchs Haus geschallt, wenn sie schlecht drauf war. Aber eigentlich auch, wenn sie gut drauf war. Eigentlich war es bei ihr immer laut gewesen, so laut, dass die Hausverwaltung einige Male angedroht hatte, uns dieses Zimmer wieder wegzunehmen und anderweitig zu vermieten.

Nachdem meine Schwester ausgezogen war, wurde es ruhig.

Zu ruhig, für meinen Geschmack. Aber das Zimmer unterm Dach gehörte von da an mir.

Ich nutzte es als Rückzugsort. Fluchtort. Mein Exil. Eine kleine Insel mitten in unserem Sechsfamilienhaus. Nahe bei meinen Eltern und doch weit genug weg, um alleine sein zu können.

Draußen tobten Stürme, dort unten, auf dem Meer aus Stein und Asphalt, über das ich von hier oben blicken konnte wie von einem Ausguck, einem elfenbeinernen Turm.

Kirchturm, Baukräne, alte Pflastersteingassen, das Gerberviertel, Hinterhofgeflechte, ich kannte jeden Winkel, Schlupfwinkel, das hässliche Rathaus, das Kino mit den Kletterdächern.

Das war meine Welt, mein Revier. Sollten Stürme toben, solange es diesen Ort für mich gab, konnte mir nichts passieren.

Als wir 1980 in eine Geschäftswohnung umzogen, weil mein Vater es satt hatte, mit zwei anderen Familien ein Klo auf dem Hausflur zu teilen und ohne Badezimmer zu leben, konnte das Badezimmer der neuen Wohnung und die eigene Toilette nicht wettmachen, was ich aufgeben musste. Was ich dadurch verloren hatte.

Aber ich wusste, die Musik würde mir dabei helfen.

27

Am Bahnhof parkt kein einziges Taxi.

Alle Kollegen sitzen wohl bei ihren Familien. Die Einsamen in ihren Stammkneipen, sofern sie noch geöffnet haben, oder hocken alleine zuhause, trinken zu viel und blättern traurig in alten Fotoalben, denken an glücklichere Zeiten, wenn es welche gegeben hat.

Ich fahre in die erste Parklücke, direkt vor dem Treppenaufgang am Bahnhof, mache den Motor aus und beobachte, wie von meinem Atem die Scheibe innen beschlägt.

Ich höre auf die Stille, schaue auf die Bahnhofsuhr und überlege, ob es sich lohnt, jetzt noch auf einen Fahrgast zu warten.

Die Stille ist angenehm.

Wie klangloser Klang. Ich fühle mich wohl in ihr und beschließe zu warten.

Ich muss an Jenny denken, auf der Intensivstation, an ihren Vater, seine Verzweiflung, an die Liebe zu seiner Tochter. Daran, wie unglaublich schnell das Leben eine Wendung nehmen kann, ob man will oder nicht. An die vielen verpassten Möglichkeiten, die vielen Fehler in meinem Leben, oder zumindest das, was ich für Fehler halte. An Jennys Rettung, an ihre zweite Chance auf ein Leben, vielleicht ein besseres, glücklicheres.

Ich schaue einen Moment in den Rückspiegel, suche mein Gesicht. Auf welchem Weg befinde ich mich? Ist es der richtige? Lebe ich ein glückliches

Leben? Welches war meine zweite Chance? Hatte ich überhaupt eine? Wenn ja, dann habe ich sie nicht einmal wahrgenommen.

Wird sich Jenny ihrer zweiten Chance bewusst werden? Vielleicht nicht. Ihr Vater bestimmt.

Wie nah der Tod und vor allem wie schnell er sein kann. Geht es darum, auf Gräbern zu tanzen, oder vorbereitet zu sein, wenn es dich selbst erwischt? Aber wie ist man vorbereitet?

Sind die Dinge, die man für wichtig hält, vielleicht gar nicht so wichtig? Vielleicht gibt es etwas Wichtigeres als die Wunden meiner Kindheit, als die Musik, als Malaika, als mich?

Verdammt, muss man an Heilig Abend immer so rührselig werden? Aber warum auch nicht, ich bin schließlich das einzige Taxi weit und breit. Alleine, mutterseelenalleine. Malaika. Ich habe eine Ewigkeit nicht mehr an sie gedacht.

Auf meinem Handy gibt es kein Lebenszeichen von ihr, stelle ich fest. Eine kurze SMS oder ein heimlicher Anruf vom Badezimmer aus, das geht doch sonst auch. Warum nicht heute, nicht jetzt, an Heilig Abend?

Ich versuche, die Gedanken an sie zu verdrängen, die Bilder zu verscheuchen, die in mir aufsteigen. Malaika beim Familienfest, Ehemann, Eltern, Schwiegereltern, feudales Essen, zu viele Geschenke, nie ein gutes Zeichen. Oder hocken sie zu zweit beisammen, kuscheln auf dem Sofa, halten sich im Arm, starren in den Fernseher. Er, selbstzufrieden mit dem Leben, das er führt, sie, unglücklich über das ihre. Beide schweigen. Jeder aus einem anderen Grund.

Bin ich ihr so wenig wert, dass sie an Heilig Abend nicht mit mir reden oder mir schreiben will?

Ich schicke eine SMS los. Ganz egal, ob er es mitbekommt.

Wie lange soll das noch so weitergehen? Habe ich die Kraft für ein weiteres Jahr, ein halbes, oder reicht sie mir nur noch für wenige Wochen?

Ich spüre den Unwillen, die Kraftlosigkeit bei dem Gedanken, dieses Leben noch länger so weiter zu führen. Malaika für ein paar Stunden kommen sehen, in ihr versinken, in ihrer Umarmung geborgen, von ihrer Liebe liebkost sein. Und dann am Straßenrand stehen und ihr nachwinken, wenn sie mich gegen neun oder halb zehn wieder verlässt, nach Hause muss, du meine Güte, schon wieder so spät, hoffentlich fragt er nicht, wo ich so lange bleibe.

Aber er fragt danach, immer öfter. Und immer öfter muss sie lügen, um die Lüge glaubhaft zu machen.

Seit eineinhalb Jahren führt sie ein Doppelleben. Wie kann sie das? Wie kann *ich* das?

Ich lebe es ja irgendwie mit. Bisher bin ich wohl oder übel damit klar gekommen, dass sie mich jeden Abend wieder verlässt, aber seit einiger Zeit will ich sie nicht mehr gehen lassen, werde sogar wütend, wenn sie nervös zur Uhr blickt und unruhig wird.

Schluss jetzt, sage ich kopfschüttelnd und drehe am Einschaltknopf des Autoradios. Das ist eine Überraschung, auf meinem Lieblingssender läuft gerade „You Are The Sunshine Of My Life".

In diesem Moment wird die Beifahrertüre geöffnet. Ich erschrecke.

Hey, er ist der Größte!, sagt der Mann, der mit einem Gitarrenkoffer in der Hand neben meinem Taxi steht und herein lächelt.

Ich starre ihn fragend an. Seine Erscheinung, sein Aussehen verwirren mich völlig.

Stevie!, grinst er, aufs Radio zeigend.

Ich lächle zurück.

Der Typ sieht großartig aus. Das Weiß seiner Augen sticht aus seinem dunkelbraunen Gesicht. Eine Frisur ist das schon nicht mehr. Auf seinem Kopf explodiert eine Löwenmähne aus gedrehten und verfilzten Haaren. Der Kerl hat Dreadlocks, die fast zum Gürtel reichen. Um seinen Hals hängen grüngelbrote Ketten und ein Amulett in Form eines Cannabisblattes. Ein Musiker. Und das an Heilig Abend. „Vom Himmel hoch" wird der sicher nicht spielen.

Direkt aus Jamaika?, scherze ich.

So ähnlich, lacht er und streckt mir die Hand entgegen. An seinem Handgelenk trägt er rote, grüne und gelbe Lederbänder.

Ein Freak, denke ich, händeschüttelnd.

Ich muss auf ein Konzert, sagt er, auf mein

Konzert. Nach Stuttgart, können Sie mich fahren?

Das wird nicht ganz billig, entgegne ich.

Kein Problem, Mann, sagt er augenzwinkernd, vielleicht können wir uns auf einen Heiligabendpreis einigen. Sein freundliches Grinsen offenbart eine Reihe weißer Zähne.

Ich nicke lächelnd.

Er legt den Gitarrenkoffer auf die Rückbank und setzt sich neben mich.

Sein Akzent klingt humorig. Sie sprechen gut Deutsch, wende ich mich ihm zu.

Danke, war schon einige Male hier. In den Achtzigern für ein halbes Jahr, Berlin. War 'ne gute Zeit für Reggae. Er reicht mir noch einmal seine kräftige Hand.

Ich heiße Bob, sagt er.

Bob?

Ja, genau wie der, lacht er, sich schüttelnd, so dass seine Dreadlocks durch die Gegend fliegen und ich mich zur Seite neigen muss, um nicht getroffen zu werden.

Ich erwidere seinen Händedruck und stelle mich vor.

Einen Moment scheint es mir, als träumte ich das alles, angefangen von meiner Schlitterpartie beim Bauernhof über das Selbstmordmädchen bis hin zu diesem Typen hier, einem Reggae-Musiker, der am Heiligen Abend zu seinem eigenen Gig chauffiert werden muss. Ich atme tief durch.

Alles okay, Mann? Mein Fahrgast schaut mich

besorgt an.

Es geht schon.

Das wäre gut, hier ist leider sonst kein Taxi mehr, lächelt er.

Alles klar, wo soll's denn hingehen, Bob?

Er nennt mir den Club, in dem er gegen Mitternacht seinen Gig hat, und handelt mit mir einen Pauschalpreis aus, mit dem auch ich leben kann. Ich lasse das Taxameter aus und schaue noch einmal auf das Display meines Handys. Noch immer nichts von Malaika. Weiß sie eigentlich, wie sehr sie mich damit verletzt, frage ich mich niedergeschlagen und starte den Motor.

Schlechte Nachrichten?, fragt Bob.

Keine Nachrichten sind manchmal auch schlechte Nachrichten, antworte ich lakonisch.

Sein Schweigen halte ich für Zustimmung.

Ich fahre auf den neuen Zubringer zur Bundesstraße nach Stuttgart. Geht wie am Schnürchen. Die Straße geräumt. Streusalz spritzt an die Stoßstangen. Es geht über Land.

Nur ein einziges Mal bin ich diese Strecke mit meinem Taxi gefahren. Aus der anderen Richtung kommend, vom Stuttgarter Flughafen her nach Hause. Genau in diesem Taxi. Als Fahrgast. Vor einer Ewigkeit. Als es noch nicht mir gehörte.

Ich hatte damals nur vier Monate in Detroit ausgehalten.

Liv hatte mein Nervenkostüm zu sehr strapaziert, ihre Männerbekanntschaften, die lauten

Partys bei ihr, aber vor allem wenn sie die ganze Nacht hindurch Sex hatte. Ihr Geschrei hatte mich völlig fertig gemacht. Eine Flut von Bildern überkam mich in solchen Nächten und am Ende lag ich da und holte mir einen runter.

Im Kino durfte ich nur die Karten abreißen und hin und wieder Popcorn verkaufen. Vier Monate lang liefen nur Blockbuster. Außerdem erholte ich mich mental nicht mehr von dem Überfall auf mich und ließ mich nach der Arbeit meistens von Kollegen nach Hause fahren oder wartete auf Liv, je nachdem, welche Schicht sie fuhr.

Wenn sie gut drauf war, selten genug, gondelte sie mit mir kreuz und quer durch Detroit, quatschte ohne Pause und rauchte ihre Joints nebenbei.

Wir hatten nicht ein einziges Mal miteinander geschlafen, ich hatte auch nie wirklich versucht, bei ihr zu landen, weil die Typen, die sie anschleppte, mit ihren abgerissenen Jeans, den karierten Hemden und ewiglangen Kinnbärtchen, mich abschreckten und mir klar wurde, dass sie einen Schisser wie mich sowieso nicht ranlassen würde.

Am Ende verliebte ich mich in sie und schnüffelte ihr nach, fragte sie aus, stöberte in ihren Briefen und wusste an ihrem Gestöhne und den Lustschreien, mit welchem von ihren Typen sie gerade bumste.

Sie mochte mich, lachte gerne mit mir oder hielt Monologe über die Zukunft Amerikas, wie sie

sie sah, aber zu mehr hatte es einfach nicht gereicht.

Auch Soul hatte ich nirgendwo gefunden, die Youngsters hörten Hip Hop oder Grunge, die älteren R&B oder Jazz. Und mit Jazz konnte man mich damals um die Welt jagen.

Ich war wochenlang mit Liv durch die Clubs gebummelt, auf der Suche nach dem „Soul der guten alten Zeit." Damit zog Liv mich jedesmal auf, wenn ich wieder die Adresse irgendeines Clubs ausfindig gemacht hatte und sie überredete, mit mir dorthin zu fahren.

Wenn wir dann an der Bar herumhingen und ein weißer DJ diesen weichgespülten R&B-Kram auflegte, erzählte sie den Barkeepern jedes Mal, ihr Kumpel aus Germany sei nach Amerika gekommen, um den guten alten Soul zu finden, während sie mir freundschaftlich durch die Haare wuschelte. Die Jungs hinter der Theke lachten sich darüber halb schlapp.

Am Ende war meine Abreise sogar so etwas wie eine Flucht. Ich schob ihr einen Brief unter der Türe durch, während sie schlief, und meine Kündigung schickte ich auf dem Weg zum Flughafen an meinen Chef im Kino.

Motown war Notown für mich gewesen.

Enttäuscht und traurig hatte ich im Flieger nach Hause gesessen, ohne Plan, wie es weitergehen sollte. Die Zukunft war ein Abgrund für mich. Ich nahm eine Schlaftablette, um abschalten zu können.

Frankfurt hatte mir Angst gemacht, weil es viel zu amerikanisch aussah. War aber zum Glück nur Zwischenstopp und Kurzaufenthalt gewesen.

Als ich aus dem Terminal des Stuttgarter Flughafens kam, gönnte ich mir den Luxus einer Taxifahrt und steuerte auf das erstbeste Taxi zu, eine coole Karre mit abfallendem Heck.

Der Taxifahrer erzählte mir während der Fahrt nach Hause, dass er in drei Monaten in Rente gehen werde und noch niemanden hatte, der sein Taxi kaufen wolle. Er wolle beides, Taxi und Konzession, unbedingt loswerden, selbst für einen Appel und ein Ei, wenn es sein müsste. Er sei finanziell abgesichert.

Warum eigentlich nicht, dachte ich grinsend, und Detroit war mit einem Mal weit weg, ein Stück Vergangenheit, das kaum noch weh tat.

Ich erbat mir ein paar Tage Bedenkzeit, aber eigentlich wusste ich schon, dass ich zusagen würde. Ich hatte keine Pläne, kaum Geld und noch keine Zukunft, als ich aus dem Flieger gestiegen war, und Liv machte den Taxijob auf eine Art, die mir gut gefallen hatte. Ich schaute mich im Inneren des Wagens um und fand, dass es eine extrem coole Karre war.

Heute fahre *ich* dieses Taxi. Heute ist es meine Karre.

Und heute ist wieder einmal Heilig Abend. Doch dieser Fahrgast wird mir nicht ins Bein schießen.

Das ist ja ein Cassettenrekorder, lacht Bob erstaunt.

Ich hab einfach noch zu viele Cassetten, sage ich entschuldigend.

Das ist gut, ruft er begeistert, ich liebe Tapes. Meine besten Riddims trage ich nur auf Tapes mit mir herum. Ich höre sie unterwegs, und immer wieder fallen mir Voices dazu ein.

Er wirft seine Dreadlocks aus dem Gesicht. Er erinnert mich an einen Löwen. Zu der Mähne kommen zwei dunkle Augen, aus denen Feuer sprüht, wenn er spricht. Er wählt die Worte langsam und bedächtig, redet mit dem stolzen Tonfall eines Rastafaris.

Ich bin beeindruckt.

Riddims?

Ja, Riddims, es geht immer nur um Riddims, meint er, seine Augen blitzen auf, Rhythmus, Mann.

Ich nicke.

Bei meinen Songs, sage ich ernst und drehe mich zu ihm um, geht es mir nicht um Rhythmus. Ich will vor allem was mitteilen. Botschaft, Message, verstehst du?

Du schreibst auch Songs?

Traust du mir das nicht zu?

Hey, klar, Mann, warum nicht? Taxifahrer Songwriter, das geht alles! Und, was ist? Worum geht es dir in deinen Songs?

Ich brauche ein paar Sekunden, bis ich antworte: Darum, einen Weg zu finden.

Er hebt die Augenbrauen: Einen Weg?

Einen Weg aus dem inneren Gefängnis, sage ich, den Blick starr aus dem Fenster auf die Straße gerichtet. Einen Weg, weg vom Abgrund, vielleicht ins Licht. Ich räuspere mich.

Er nickt.

Ins Licht, wiederholt er. Mann, wie kann ich das nicht verstehen?

Ich blicke ihn kurz an und spreche weiter: Wenn ich für mein Anliegen oder meine Not Worte finde, schaffe ich mir einen Weg, der vorher nicht da war. So werden Songs zu Schritten, zu einer neuen Chance, die es vorher nicht gegeben hat. Zusammen mit dem Text ist Musik stärker als alles.

Ich sehe aus den Augenwinkeln, wie er mich anschaut. Er lächelt, schüttelt den Kopf, wirft die Dreadlocks zurück.

Denkst du, das weiß ich nicht?, sagt er. Aber meinst du, wir Reggae Artists haben nichts zu sagen? Reggae ist Message, Mann, Reggae ist spirituell.

Spirituell?

Glaubst du nicht, oder? Hast du jemals eine Scheibe der Großen Roots-Sängers gehört? Nein? Tu es, Mann, du wirst hören, dass Message und Riddim nirgendwo so eins sind wie im Reggae. Es ist wie Ein- und Ausatmen. Ja, Mann, Reggae ist alles. Es hat die Macht, deine Seele und deinen Geist völlig zu erfüllen, es verleiht dir Kraft, innere Kraft.

Seine Augen blitzen, während er redet, er gestikuliert mit den Händen, seine langen dünnen Finger malen Figuren in die Luft wie ein Dirigent.

Ich muss grinsen.

Du glaubst mir nicht, lächelt Bob. Warte. Er kramt eine Cassette aus dem Gitarrenkoffer. Probier es, meint er, aber es klingt mehr wie ein Befehl.

Ich nehme meine Soulcassette aus dem Player und schiebe seine hinein.

Eins schwerer Offbeat und eine gehörige Portion grandioser Percussion setzen ein, fette Bläser dröhnen, eine Gitarre flirrt über den Beat.

Lauter, Mann, du musst es lauter hören, meint Bob und dreht die Lautstärke höher, bis es im Wagen von den Bässen wummert. Fühlst du es? Fühlst du die Vibes?

Schön, es hört sich verdammt cool an, aber ich muss eine menschliche Stimme hören, sage ich. Singt da noch jemand?, frage ich ungeduldig.

Natürlich, Mann, aber du musst zuerst den Riddim fühlen.

Der Sänger hat einen äußerst angenehmen Tenor, belegt und rau, nachlässig intonierend, aber das macht den Reiz aus.

Ich schenk dir das Tape, sagt Bob. Hör auf die Lyrics und fühl die Riddims. Wenn du reif dafür bist, wird Reggae dein Leben verändern. Reggae ist Jah Music.

Jah?

Gott, sagt er laut, und schaut mich begeistert an.

Du bist auf der Suche nach deiner Liebe, fährt er fort, im Reggae aber geht es um Größeres. Natürlich singen wir Liebeslieder, singen über Politik, soziale Ungerechtigkeiten, Macht und Korruption, aber wir singen auch über die eine Liebe, unser Leben als Jah People, und wie es ist ohne sie. Ja, Mann, es geht um Liebe und Riddim. Liebe ist Riddim.

Ein gutes Schlusswort, meine ich lächelnd, als wir vor den Club fahren, in dem er in einer halben Stunde spielen soll, und stelle die Musik leiser.

Komm mit und hör dir den Gig an, lädt er mich lächelnd ein.

Danke, aber ich bin nicht in Stimmung.

Bob lacht: Reggae bringt dich in Stimmung.

Hinter mir hupt es. Ich stehe in zweiter Reihe mitten auf der Straße, öffne das Fenster und winke entschuldigend.

Überleg es dir, sagt Bob und drückt mir die vereinbarte Summe in die Hand. Manchmal bekommen wir ein Zeichen, sagt er, als er seine Gitarre von der Rückbank nimmt.

Jah bless, sagt er und schlägt seine Hand in meine.

Ich beobachte, wie er die Stufen des Clubs hinaufgeht. Stolz wie ein Löwe.

Übrigens, ruft Bob mir zu, cooles Taxi!

Er klopft mit der Faust auf sein Herz, grüßt mit einem Kopfnicken und geht hinein.

Ich fahre ein Stück weiter vorn in eine freie Parklücke. Und das in Stuttgart, denke ich verwundert. Manchmal bekommen wir ein Zeichen. Ich schaue auf mein Handy, sie hat geschrieben.

Endlich, Malaika, denke ich, öffne die SMS und lese: Es tut mir leid, unendlich leid, aber ich kann nicht kommen. Nicht jetzt!

Immer wieder lese ich den Satz.

Und nun?

Völlige Leere im Kopf. Ich habe es befürchtet, aber es trifft mich. Ich merke, dass der Motor noch immer läuft, und drehe den Zündschlüssel.

Stille.

Sonst liebe ich die Stille im Inneren meines Wagens. Jetzt kommt es mir vor, als ob ich Wattebäusche in den Ohren hätte. In meinem Kopf dreht sich ein Karussell, das ich nicht zum Stehen bringe.

Ich muss endlich da raus, denke ich und weiß nicht genau, was ich meine.

Ein Zeichen.

Warum eigentlich nicht? Ich steige aus dem Wagen, schließe mein Taxi ab und gehe die fünfzig Meter zurück zum Club. An einem solchen Abend, noch dazu an einem heiligen, ist Reggae vielleicht gerade das Richtige.

Mit ordentlichem Schwung öffne ich die Clubtüren, spüre die Wärme der Menschen beim Eintreten und rieche lächelnd den bekannten süßlichen Duft.

Danksagung

Zuerst möchte ich in liebevollem Gedenken Angelika danken, deren Liebe mir nicht jeden, aber viele Wege ebnete. Die mir zeigte, dass Flucht manchmal die einzige Möglichkeit ist, einen Kampf zu gewinnen.

Danken möchte ich dem Schöpfer aller Klänge, dessen Liebe auch durch Musik in mir klingt.

Und zuletzt meiner *Löwin*, die mich immer wieder sanft ermutigte, diese Geschichte zu Ende zu schreiben.